ショート
ストーリーズ

スーパーサイエンス部
門田木《モンタギ》樹梨亜《キリア》
箱庭
大神《オオガミ》武《タケル》
シナリオ通りの殺し方
門田木《モンタギ》路未央《ロミオ》
鹿島《カシマ》幸《コウ》
篠谷《シノヤ》
僕《ボク》
未夢《ミユ》
星野《ホシノ》久留巳《クルミ》

主な登場人物
林檎姫より愛をこめて
双剣使い《ソウケンシツカ》
リル・A《アーティファクト》・カルヴァドス
シン
メイド
空調戦争
青年《セイネン》A
騎士《キシ》
予見士《ヨケンシ》

目次

箱　庭

るむるむる

プロフィール

＊　住んでいる場所北海道。

＊　料理　下手

うまくなりたいものですね。

うまい飯は大事です。

「あ、お星さまがたくさん落ちてくる」

「違うよ。あれは流れ星っていうんだよ」

「流れ星？」

「うん。それでね、心の中でお願いすると、その願いがかなうの」

「へー……あ、赤い流れ星だ」

「赤い流れ星なんてないよー」

「あるよ。ほら」

そう言って少年は空を指さす。

少年の隣にいた少女はその指の先に視線を向けるが、少女の目には赤い星など映らなかった。

「幸の嘘つきー。赤い星なんてやっぱないよー」

「あったもん。未夢が見つけられなかっただけじゃないか」

「ないもん！　絶対ないもん！」

「あったよー！　未夢のバカー」

「うぐ……な、ないんだもん。バカっていうほうがバカなんだからーバカバカバカー」

「あったんだよー未夢なんてもう知らない」

少年と少女はお互いに泣きながらお互いを罵倒する。子供にありがちなちょっとしたケン力である。

☆☆☆☆☆☆

「ん？　夢？」

朝とともに彼は目覚めた。名前は鹿島幸《かしまこう》。

現在高校二年生である。やる気のない締まりのない目元にぼさぼさとした髪。寝起きという事を加味しても、少々だらしないという印象が目につく。

大きな欠伸を一つしてポリポリと頭をかき洗面所へと向かう。

その途中台所からいい匂いがして顔をのぞかせると、彼の母親が鼻歌交じりに包丁を手際よく動かしていた。

ともかく顔を洗い歯を磨いてすっきりしないことには一日が始まらない。

一通りの作業を終えて食卓に着く。

「あーねみい……どうして月曜日という曜日があるのだろうか？」

「月曜日がなきゃ日曜日もないでしょ？　あんた月曜日のたびに文句言っているけどよく飽きないねえ。早く食べなさい」

「へいへい、いただきます」

そう言いながら起きる直前に見た夢について少し考えを巡らせた。かつて幼少期に幼馴染と一緒に家の庭で流れ星を見た夢である。

なぜ今更そのような夢を見たのか。確かに懐かしい思い出の一つではある。あのあとは両家の親が出てきて二人を仲裁したのだ。幼馴染である未夢はあれから一週間口も聞いてくれなかった。

「赤い流れ星か」

「あれま、ずいぶんと懐かしい話題だね。あの時のあんたときたら、あまりにも頑固なもんだったからこっちも大変だったよ。人工衛星かもしくは飛行機の光と見間違えたんじゃないか?」

母親は苦笑しながら台所へと引っ込んでいった。

今なら確かに母親のいう通りかもしれないと納得できたが、当時の自分は赤い流れ星を確かに見たと信じていたのだ。

「あーあ、確かに見たんだがなあ……つうか今更蒸し返すような話題でもないか」

所詮は昔の思い出であり、夢の中での出来事でもある。特に気にすることもあるまいと箸を動かす。

「……昨夜から行方不明の高坂健太《こうさかけんた》君の足取りは依然としてつかめず、警察はさらに捜査員の数を増やして捜索に当たるようです」

朝のニュースが幸の耳に届いてきた。

「最近未成年の行方不明が多いねえ。この街ってそこまで治安の悪い街じゃないはずなんだけどね。幸、あんたも年頃だし、いろいろな事に好奇心が湧くのは分かるけどちゃんと一定のラインを引いて節度をもちなよ。親ってのはね、子供が元気でいるだけで幸せなんだから」

「んなこた承知だよ。こっちももう子供じゃないんだから」

「だといいけどねえ……キラーえっとなんだっけ？　悪ガキ達が組んでいるチームだってあるわけだし。少年法があることをいいことに結構な事をやってるらしいじゃない。間違っても誘いに乗るんじゃないよ」

「キラービーだろ？　それに百鬼にリベリオン、ルーブルってのもあったね」

「母さんたちの時代は暴走族、そのちょっとあとにはカラーギャング。そしてチーマーなんてのもあったけど、まだそういうのあるんだね」

この街にはびこる悪ガキ達の集団。だが中には犯罪まがいな事を平然とする悪辣《あくらつ》な集まりもある。近年警察の努力や、また時代とともにそういう集団は少なくなってきたがこの街に最近はびこりだしたのだ。

「ま、ともかく気を付けるさ。知っているだろ？　俺やけに悪運が強いから滅多な事には巻き込まれんさ。幸って名前のおかげかもな。そいじゃ行ってくるわ」

そういって玄関から外に出ると、昔から隣に住んでいる少女が塀越しにたたずんでいた。

「よっ。相変わらず早いな」

少女に軽く挨拶をする幸。幼馴染である桐生《きりゅう》未夢《みゆ》である。

その言葉を受けて少女は軽く幸に視線を向ける。

黒い髪をサイドテールにまとめ綺麗に流している。容姿は目元がふわりとしていて優しそうな印象だ。丸っこく人懐っこい雰囲気で、可愛らしく少しふやけたような顔が小動物を思わせる少女である。

見た目とは裏腹に、なかなか活発な少女である。明るく元気っ娘と校内でもなかなかの評判であり、その人柄もあって、男子生徒から結構人気があるようで、何度か告白も受けているがすべて断っている。

「遅いよー。せっかく待っていたんだから、もうちょっと早く出てきてほしいな」

「別に頼んでねーけどな。つーかお前が俺の事を待つなんてほとんどランダムに等しいだろ？」

「うるさいなー。女の子と登校できるイベントなんて幸には無縁なくせに少しは感謝しなさいよね」

「待ってるかどうかわからん相手にいちいち気遣っていられるかよ！　アホか！」

「成績はあたしのほうが上だよ？」

「あーもういい。うるせーうるせー」

「ほら寝癖がまだついてる。あと目元にもう少し力入れたら？」

「あーもういいから！　ほらさっさと行くぞ」

「待ってよー。久々に一緒の登校なんだからさ」

とてとてと幸の後をついていく姿は、どこか子犬のような感じがしなくもないが、そのことを言うと必ずむくれるので、幸は何も言わずにそのまま学校へと向かう。

「そういえばさ、幸って昔っから頑固なところがあったよね」

唐突に未夢が話しかけてきた。

いきなり何事かと幸は未夢のほうに視線を向ける。

「ほら赤い流れ星がどうとか……あははは」

今日はやけにその話題に触れることが多いなと感じつつ、相手の言葉に適当に相槌を打つ。

今更蒸し返すような話でもないが、彼女の楽しそうな笑顔を見ていると、それを遮るのもためらわれるのでそのまま会話を続けることにした。

「確かに見たんだよなー……でもよ、お前泣く事ねーだろ。あのあと親からめっちゃ叱られたんだぜ、俺」

「だって幸が見ているのにあたしだけ見ていないのは、なんか不公平だよ」

「何が不公平なんだかな」

そう言いながら、幸はいつもの通学路とは別の道に足を踏み入れる。

「幸？　そっちだと遠回りになっちゃうよ」

「ん？　ああ……今日はこっちから行きたい気分だからお前も付き合え」

「えーなにそれ」

「いいから」

やれやれと思いながら未夢は、特に逆らわずに幸のいう事を聞くことにした。この男はいつもそうなのだ。突然理由もなくこのように道を変えたり、あるいはそっちに行かないほうがいいと警告したり、時には今日は体育の授業を休めなどと言ってくる。

結果的にそれが正しかったりするので理由を聞いてみても、「なんとなくそんな気がした」としか言ってこないのだ。

一度警告を無視して体育の授業に出てみたら、見事に怪我をして足首を捻挫してしまった経験がある。

まさか予知能力者？　となんどか疑問を抱いたが宝くじはまったく当たらないし、未成年なので馬券は買えないが、テレビでやっている競馬の予想をさせてみても、これまた全く当たらない。

このよくわからない警告が非常に気になって、オカルト雑誌やネットなどを少し漁ってみたが見当もつかずに今は諦めて従うことにしているのだ。

そして今日も結果的にそれは正しかった。いつも通っている道は途中で工事をしていて通行止めになっていたのだ。別にそれから道を変えても遅刻しない程度の余裕はあったが、無駄な体力を使う羽目になっていたのは間違いない。

幼馴染でありながら、相も変わらず訳の分からん奴だと思いつつ、幸と別れて未夢は自分のクラスへと向かった。

☆☆☆☆☆

授業を受けながら、幸はぼんやりと考え事をしていた。なぜか今朝見た夢が非常に気になっていたのだ。なぜ自分が昔の出来事を今更そこまで気にするのかよくわからないが、気になるものは気になるのである。

そしてある種の予感を覚える。それはいい予感とは言えない予感だが、それがなんなのか正体をつかめずにいるので余計に腹が立つ。

「何なんだよ……」

今までこれほど、もやもやした経験など生まれてから一度もなく、ストレスがたまる一方だ。

幸は短気なほうではないが、こうも訳のわからないもやもやに襲われると、さすがに苛立ちが募る。

そうこうしているうちにお昼休みとなり、購買部へと足を向けることにした。パンとジュースを片手に、どこかに腰を落ち着けて飯を食べようと適当な場所を探す。

教室で食べてもいいが、今日は友人たちと食べる気がせず、一人で食べることにした。

屋上には幸以外にも何人かの人でにぎわっていて、あちこちからいろんな声が聞こえてくる。そんな中、幸は隅のほうの空いているスペースを見つけ、そちらへと足を運んだ。

何気なく空を見上げると雲一つない晴天である。太陽がこれでもかと自己主張をして、自身の光を降り注がせ心地よい暖かさを提供してくれる。

「おい、まじか？　ルーブルと百鬼が近々やり合うって？」

「よくわからんがネットではその話題でいっぱいだった。ま、ソースはないからどこまで本当かはわからんけどな」

「勘弁してくれよ。今の時代にそんな前時代的なことをするとは」

「あれだろ？　番長がでてきてオラーとかやるんだろ？」

「ぶは！　な、番長とかいつの時代だよ？　くっそ不意打ちすぎる」

「どうでもいいけど巻き込まれたくはないわな」

「夜はあまり出歩かんほうがいいかもね」

「ケーサツ使えねえな……ほんと。塾とかどーすんのよ」

「がり勉君は大変だねえ」

「いってろ。将来勝ち組になってお前らをこき使ってやるから」

「派閥争いに負けて閑職コースまっしぐらな気がする」

などという会話が耳に飛び込んでくる。悪ガキ達の集団。幸からみると何が楽しくて犯罪まがいな事をするのか全くもって理解不能である。

一銭の得にもならないのに、やれどっちが強いだの、なんだのと理由をつけて殴り合いやらなんやらとあまり関わりたくない人種だ。

百鬼とルーブルはお互いのリーダーがお互いを嫌っていて仲が悪い、という噂は幸も聞いたことがある。ネットでそれほど話題になっているのであれば、近々ぶつかり合う可能性だってゼロではない。

なんにせよ自分は巻き込まれたくないし、幼馴染である未夢も巻き込まれてほしくはない。夜は出歩くのを控えるように少し忠告しておくか、と考えながら屋上を後にした。

授業が終わり学校を出たその帰り道、幸は古本屋に立ち寄り漫画を立ち読みする。幸にとっては日課の一つである。ちょうど家路につく途中にある古本屋で、軽く寄るのにはとてもいい具合の古本屋なのだ。いつものように立ち読みしていると、いつの間にか外は薄暗くなっていた。少し夢中になりすぎたかと思い、読んでいた本を閉じて外へと出る。

太陽の自己主張はすっかり身をひそめ黄昏時もすでにすぎ、あたりは薄暗い。あと三十分もすれば完全に真っ暗になる時間帯だ。

すっかり遅くなったな、と思い家へと向かう。

家のほうへと向かうにつれ、人通りも少なくなり、あたりは閑散としてきた。そんな時、なにやら揉めているような声が聞こえてくる。その声は幸にとって聞きなれた声であった。

「未夢？」

幼馴染の名前を口にして、幸はそちらのほうへと足を向ける。

「いい加減にして。ナンパならもう少しスマートにしたら？　だとしても貴方達に付き合う気はまったくないけどね」

「はは、気の強いねーちゃんだな。でもよ、あまり無理しないほうがいいぜ？　足が震えているぞ？」

「案外可愛いとこあんじゃねーか。俺らのこと知らないの？　百鬼って名前聞いたことない？」

未夢の背筋にゾクリと寒気が走る。この街にはびこる集団の中でも一等たちが悪いと噂されているグループだ。誘拐、監禁、強姦、強盗。中には殺しすらやっていると噂されている。話半分だとしても相当にたちが悪い。

「あたし、急いでいるから」

未夢は言葉少なめに立ち去ろうとするが、行く先を遮られ進めなくなる。

「まあまあ、この近くにさ、俺らのたまり場があるから寄っていきなよ」

男の一人がにやけた笑みとともににじり寄ってくる。冗談ではない。彼らについていってしまえば、あとは自分の身がどうなるかなんて予知能力者でなくても容易に想像できる。

素早くポケットから携帯を取り出す。

「おっと……無粋な真似はやだなあ。これは俺ら子供の問題だろ？　大人を介入させるのはルール違反だろ」

男の一人が未夢の腕を素早くつかみ取り、力ずくで携帯を奪い取る。

勝手にルールを決めるな！　と心の中で毒づくが、三人の男に囲まれ携帯は奪い取られてしまい、逃げる術はない。

カンッと音が鳴る。男たちも一瞬その音に気をとられ視線をそちらへと向けた。

瞬間、未夢は腕をつかまれ、引っ張られるように引き寄せられる。

「走れ！」

自分の幼馴染である幸である。

「幸！」

「いいから！　もたつくな！」

幸は男のうちの一人を思い切り突き飛ばし、できた空間にそのまま未夢の腕を引っ張りながら逃走する。

突き飛ばされた男や他の男たちは一瞬呆気にとられたが、すぐに我に返る。

「いってえ……ふざけんな！　追え！」

「おーおー正義のヒーローのご登場ですか？　久々に見たなあ」

「どうする？」

「そら捕まえて男の前で女のほうを……な？」

男たちは幸と未夢を追いかけはじめた。

「何やってんだよ！　忠告しただろうが！」

「そうだけどさ！　忠告されたその日に絡まれるなんて！」

「……忠告の意味わかってんの？」

「わかってるよ！」

「ほんと馬鹿だな！　お前は！」

「うるさい！　幸のほうが馬鹿なんだから！」

「くっそ嫌な予感しかしねえ！」

「ちょっとやめてよ！　あんたのこういう時の予感的中率は百パーセントなんだから」

幸と未夢はあちこちと逃げ回る。途中三叉路にぶつかる。幸は迷いなく右を選ぶ。次は二叉に分かれている道だ。今度は左。十字路を正面に突っ切って、細い路地に入り込む。入り組んだ路地をさらに右へ左へと移動しながら追手を巻こうとする。

路地を抜け、広い街路に出たところを、さらに突き進むと大きな公園が見えてきた。その公園へと飛び込むと先回りされていたのか、男のうちの一人が待ち構えていた。

「よくまあ、あれだけ逃げ回ったもんだな。もうちょっと早く捕まえられるかと思ったんだが」

幸と未夢が息を切らしている状況に対して男は汗一つかいていない。だが追い詰められたという事で幸と未夢はそのことに気付かない。

幸は未夢を背中にかばうように一歩前に出る。荒事は得意ではないが、一対一ならば未夢を逃がす時間くらいは稼げるだろうと考えての行動だ。

「かっくいーねー。あれか？　そりゃお前の恋人かなんかなの？　いいねえ。そういうのって興奮するんだよな」

「趣味が悪いな。付き合ってられねーよ」

劣情を隠そうともしない男に顔をゆがめながら、幸は言葉を吐き捨てる。いやな予感は収まらないが、それとは逆にここに来れば何とかなるという一種の予感が彼をここへと導いたのだ。

「ま、もうめんどくせーからさ。お前そこで黙ってみていろよ」

男がそういったとたん、幸の体が何かに縛り付けられたように動かなくなる。まるで金縛りをさらに強力にしたような力に襲われたのだ。

「な……なんだよ。これ」

「幸？」

「未夢逃げ……」

「そこまでだ」

幸の言葉が途中で遮られる。いや、正確には声すら発せられなくなったのだ。

苦痛に顔をしかめながらも、なんとか未夢に視線だけ向ける幸。一体自分の身に何が起きたかすら把握できない。

「近づかないで！　幸？　どうしたの？」

未夢は動かなくなった幸の様子を見ながら、痴漢用スプレーを構え相手に向ける。しかし幸の口から返答はない。あまりにも様子がおかしい。

しかし原因を追究している暇はない。とにかくこの状況を何とかしないと、と思うが幸一人を置いて逃げるわけにもいかない。

「やっと捕まえたのかよ。いやあ、すげえもんだね、あんたら。普通ならもっと早く捕まえられたんだけどな」

先ほどまで幸と未夢を追っていた仲間が一人、また一人と集まってくる。

「あっれー？　ヒーロー君。なんだよバインドにかかってんじゃん。使ったのかよ」

「バインドとか言うな。影縛りの術とでも言ってくれ」

「ぎゃははは。んだよ、どっちにしろダセエ名前には変わりねえだろよ」

「笑ってんじゃねーよ。お前がもちっとナビしてくれりゃ、ここまで手間かからんかったのによ」

「いや、結構マジでナビッたぜ？　どういうわけかこっちの意図を察したようにすり抜けやがってよ……勘がいいというかなんというか」

「結局捕まえたし、いいんじゃね？　さあてお楽しみターイム」

「俺らってまるっきり悪役じゃん」

「最後に悪は勝つってか？」

そんな会話をしながら未夢ににじり寄り、ついに男の一人が腕をつかみ未夢を押し倒す。

「やめてよ！　離して！　あんた達やっていることわかってんの！」

悲鳴に近い声を出すが男たちは笑ったままである。動けない幸もその光景をみながら男たちを殺すような視線で睨みつけるがどうにもできない。

「やっほー彼氏君。どう？　ねーこのおっぱいもう揉んだことあるの？　ねーねー」

「触らないでよ！　やめてよ！」

「暴れるなって！　おいこら」

「あーうぜ。影縛り使うか？」

「ばか。それじゃ、ただのマグロになっちまうだろーが」

下卑た笑いとともに未夢に群がる男達。何もできず、ただ見ていることしか出来ない幸はあまりな光景に心の中で泣き叫ぶ。

やめろ！　やめろ！　何をしているんだ！　なんでだよ！

今日の朝までは日常だった。特に代わり映えしない朝に学校。そして、いつものごとく帰宅するはずだったのに、どうしてこうなる。なぜ自分の体は動かない！

声すら出せず苦痛に顔をゆがめる。

「やけにうるさい声が聞こえると思えば……百鬼の下種どもか」

りんとした声色が聞こえた瞬間、未夢に群がっていた男たちが車にはねられたかのように一気に吹き飛ばされた。轟音すらなく、静寂のまま十メートルほど男達は吹き飛ばされ地べたに這いつくばる。

「全く。相も変わらず、よくまあやるな……気の休まる時間すら与えられんとは」

「あ……いてえ」

男の一人がうめき声をあげる。が、その存在は男に対して容赦のかけらもなく、仰向けに転がっている男の鳩尾《みぞおち》に向けて力いっぱい足を踏みつけた。

「ぐあれおえ」

日本語としてまったく成立しない声が男からもれる。

「この場で殺すか？　我々にならともかく、善良な一般市民にまで迷惑をかける存在をさすがに放ってはおけないいな。大丈夫か？　お前達？」

最後の言葉は未夢と幸に向けられた言葉だ。

「あ、ああ……助かったよ。けど一体何が？」

幸はいつの間にか体が動くようになり声も出せるようになっていたが、めまぐるしく変わる展開にまったくついていけない。

そもそもなぜ自分は金縛りにあったのか、未夢に群がっていた男たちはどうやって吹き飛ばされたのか、そして目の前の女性は一体何者なのか。

そう、現在男を踏みつけている存在は女性である。長く黒い髪に黒い服。なにもかも黒ずくめである。満月を背にその女は幸のほうへと振り向く。

白磁のような肌にきりっとした切れ長の瞳。バランスのとれたスタイルに高い身長。どこかのプロダクションのモデルと思わせるような立ち振る舞い。

月明かりの効果もあってか、まさに女王というのを思わせるような雰囲気である。

月光を背にした女性に、幸は思わずドキリと胸が高鳴る。近寄りがたい美人という存在を、初めて見た気がした。

「何が？　と問われてもな……さてどう答えていいのか」

女性は幸の質問に少々困っている様子である。

「ルーブル……このくそ女が！　ぶっ殺してやる」

息を吹き返した男の目から危険な光が発せられる。幸のほうに気をとられていた女性だが、軽く手をかざしただけで男が一気に吹き飛んだ。

「たかが金縛り程度で私と戦えるとでも思ったのか？」

瞬間、倒れた男の全身に向かって刃物のようなものが降り注ぎ、そのまま突き刺さる。

ぐちゃりといやな擬音を発して、男は叫び声をあげる暇もなくその場で息絶えた。

死んだ。人一人が目の前であっけなく死んだ。現実感がなく、そしてどうすればいいのか幸は混乱してしまう。まさに一体なにがどうしてどうなったのか。

未夢のほうを見ると未夢も混乱しているようだ。

「久留巳。大丈夫か？」

いつの間にか女性の傍に男がいた。端整な顔立ちに肩幅が広く、眼鏡をかけている。やり手の生徒会長という雰囲気だ。

「特に問題はない……。いや、そうだな。問題はあるか……この目撃者をどうするか」

そういって幸達のほうへと視線を向ける。

先ほどとはまた別の恐怖が幸を襲い始める。そして予感が発動した。絶対にかかわるな、と頭の中でがんがんと警告が鳴り響く。

「桑野。残った百鬼の始末は任せる。私は少々用が出来た」

「分かった。リベリオンも今夜は動いているらしい。少し気を付けてくれ」

「あいつらは百鬼と違って分別がある。ところ構わずってことはないだろうよ」

「だといいけどな」

女性は男との会話を打ち切ると、未夢と幸のほうに視線を向けた。

「さて、ここではなんだから場所を移そうか？」

「……わかった。だがその前に未夢を送っていく」

「そうか……なら話は後日にしよう。こちらはこちらで後始末があるし、そちらも色々と混乱しているだろう。すこし落ち着いたらこちらから連絡する。アドレスなど交換してもらえると助かるな」

そう言われて無言のままに幸は携帯を差し出し、お互いの連絡先を交換する。そしてそのまま公園を後にした。

☆☆☆☆☆

「待たせたな」

そう言って現れたのは星野久留巳《ほしのくるみ》である。昨日、公園で幸と未夢を救った少女だ。学校帰りなのか、制服姿のその少女はファミリーレストランの一角で、コーヒーをすすっていた幸に声をかけた。

その姿をまじまじと幸は見てしまう。どうにも制服が似合っていないというのが彼の印象だ。

彼女の醸し出す雰囲気は高校生という印象からかけ離れているのだ。といってもそれを口にするほど幸は愚かな男ではない。昨日の惨劇の場面を見ているのだ。

人一人があっさりと命を奪われた。彼はその事実を知っている。今朝になってニュースになるかと思いチャンネルを回したが、どこの局もそのようなニュースなど扱っていなかった。近年、犯罪が凶悪化してきたとはいえ、日本は世界の中で稀に見る治安のいい国である。

夜に若い女性が一人で歩ける国など世界を見渡してもそうはないだろう。となれば殺人事件というのは全国区で扱われてもいいニュースである。なのに、今現在において昨日の件はテレビはおろか新聞にすら扱われていないのだ。

昨日からそのことが頭から離れない。現実感がなさ過ぎて、あれは本当に起きたことだったのかどうかすら疑わしいが、久留巳がこの場に来たという事は、あの出来事は妄想や夢ではなく現実だという事を思い知らされる。

久留巳は幸の対面に座り店員にコーヒーを頼む。店員が離れるとおもむろに目線を上げ幸を見る。綺麗な顔立ちが幸の目に入り幸は思わず視線をそらしてしまう。

「鹿島幸……だったな？」

「今更名前の確認かよ。星野久留巳」

相手をフルネームで呼び憮然《ぶぜん》とする。正体がつかめない殺人を犯した謎の高校生少女。警戒するのは当然の流れである。警察に連絡すべきかと何度か悩んだが、それをしてもいいのかどうかすら幸は判断が出来なかった。

「名前というのは単なる記号ではなくそのものの存在を示す大事なものだ。確認は必要事項だろ？　鹿島幸」

「いちいちフルネームで呼ぶな。星野久留巳」

お互いの目線が交差する。別に敵意はない。しかし得体のしれない存在を警戒するという事で、ついついとがった言い方になってしまう幸だが、そんな幸の態度に気分を害した様子もなく久留巳は店員が持ってきたコーヒーを一口飲む。

「では本題に入ろうか。そちらも聞きたいことがたくさんあるという顔だな」

彼女の言葉に幸は怪訝な顔つきになる。聞きたいことがあるのは確かであるが、彼女は「そちらも」といった。

それが引っ掛かったのだ。

「最近、この街のチンピラどもが活発な動きになっていることは知っているか？」

「まあな。結構噂で聞くからな」

「そうか。まあその活発になっている理由の一つだがな……我々と同年代の人間に超能力を持つものが出現し始めてな」

「……」

一瞬の沈黙。幸の顔つきはますます怪訝になる。いきなり美少女の口からオカルトめいた言葉が発せられたのだ。だが即座に否定することを口にはしない。

「まあ、大概はそういう反応をするのが普通だな。だが昨日お前も体験しただろう？　急に体が動かなくなるという現象を」

「金縛りだろ？　珍しくもない」

「本当にそう思うのか？」

久留巳は幸の顔を覗き込むようにわずかに近づける。揺るがぬ意志を持った力強い目だ。

「病院に行けば原因ははっきりするさ」

その視線に負けまいと対抗意識を持つが、幸自身それを信用しているわけではない。そんな彼の心情を看破するがごとく久留巳は「ふっ」と笑う。

「なら行ってみればいい。時間と金の無駄だろうがな」

「……わかったよ。俺の負けだ」

素直に両手を上げ降参を認める。

「案外素直だな。その態度には好感が持てるぞ」

「お前に好感を持たれても嬉しいとは思えないな」

きょとんとする星野久留巳。そして「ククク」と口の中で含み笑いを漏らす。

「意外だな。私は自分で思っているほど魅力がないのかな？　結構な美人だと自負していたんだがな」

それは確かに事実である。だが、それを堂々と口にするのは、いかがなものかと幸は思う。案外ナルシストの気でもあるのだろうか。そういうのとはまた別のような気がしなくもない。

「そうとう前の事になるがな」

そう言って、久留巳は突如話を切り替えた。

「まだ私が子供のころ、ふと空を見ると赤い流れ星が見えてな……子供ながらに綺麗なものだと思ったものだ。今でもあの出来事はよく覚えている」

ドキリと心臓が高鳴った。それは幸にも経験があることだからだ。小さいときに見上げた空には赤い流れ星が確かにあった。誰も信用してくれなかったが、自分は確かにそれを見たのである。まさか同じようにそれを見た人がいたとは少し共感に似た感動を覚えた。もしかしてこの少女は、まったく同じ時間に同じように空を見上げていたのかもしれない。

「……なるほど。そうかそうかお前もあれを見ていたのか」

幸の顔から判断したのか、久留巳は何か得心がいったような感じだ。

「どういうことだ？」

「さて、近年現れたいわゆる超能力者、ま、異能力者。なんでもいいが共通していることが一つある。それは幼少期に全員赤い流れ星を見ているという事だ」

ばかばかしいなどと思う。なぜなら自分にはそのような異能力など備わっていない。もし備わっているのであれば、未夢をあのような目に遭わせることなど絶対にしなかった。未夢は昨日のショックで今朝から家に引きこもり学校も休んでいる。

「そして、その異能力が発現した人間がそれぞれ徒党を組んで色々悪さしているのさ。それが今のこの街における現状だ」

「もしそれが本当なら……いくらでも手は打てるだろう？　警察、病院、政府。超能力を研究している機関だってたくさんある」

「そして一生人体実験に付き合わされるのか？　私はごめんだな。それにな、それまでにそういったところに頼った人間が一人もいないと思うのか？」

「どういうことだよ」

「気の弱い奴なら発現した自分の力を恐れて大人を頼る。だがな、頼った結果そいつらは全員行方不明だ」

「……」

「ついでに言うとな、この街でそういった力を行使して行われている犯罪は、なぜかあまり公になっていない。昨日の件がいい例だろ？」

「何が言いたい？」

「恐らく国のお偉いさんはこの事実をとっくに知っているのさ」

「だったら犯罪なんて抑制するだろ。いくら超能力があったとしても使うのは人間である以上、いくらでも打てる手はあるはずだ。ましてや話を聞く限り超能力とやらに目覚めた連中は未成年なんだろ？　大人を相手にするには圧倒的に経験が不足しすぎている。遠くから一発麻酔弾を撃ち込まれるだけで、お縄になるのは目に見えているはずだ」

幸の言葉に久留巳は「ほう」と感心するような顔つきをする。未成年にありがちな大人を舐めるという態度ではないことに、彼女への評価を上げたのだ。実際彼女の周りには「警察なんて怖くねー」などといきがっている人物がかなりいるのである。未成年であり、また自分達には他の人にはない特別な力が備わっている、となればそう思うのも無理はない。しかし国が実際に本腰を入れ、この力を抑制しようと思えば幸の言ったように打てる手などいくらでも出てくるのだ。

「誰かが言っていたな。科学に勝る魔法はないと」

独り言のように久留巳はつぶやく。幸は特に取り合うことなく無言のまま相手の次の言葉を待つ。久留巳の荒唐無稽《こうとうむけい》な話を全て信用しているわけではない。しかしそれらを全て否定する材料を持ち合わせていない以上、今は相手の話を聞くことを優先すべきだと判断したのだ。

「これは私の予測だが……もしかしたら、この街は実験の材料として扱われているのかもしれんな」

「あんたが言った超能力とやらのか？」

「ああ、超能力を持つ人間がどういう行動をするか、またそれらを備えている人物の心理状態及び体調、他にもまだまだあると思うが」

「話がでかくなりすぎだ。大体、体調やら心理状態やら、どうやって……」

そこで幸は何かに気付き言葉を止めた。

「我々は学生だ。身体検査は義務付けられているだろう？」

「ばかばかしい。オカルト雑誌の読みすぎだ」

そういうが少しずつ言葉に力がなくなっていく。信用したわけじゃない。だが昨日人一人が死んだにもかかわらず、ニュースにすらなっていないという事はどういう事か。また、そうした超能力を持つ人物が、それらの力を持たない人間に被害を及ぼしているのも事実なのに目立った報道はなされていない。さらに、超能力を実際に目にした一般人が警察などの国家機関に通報しているはずである。だが、やはりそれらも一切報道されていないのだ。

「さて、私の話はこれで終わりだ。他に聞きたいことは？」

「別に……ともかく暴走族だかチーマーだかカラーギャングだかしんねえけどよ、何のかかわりもねえ俺らを巻き込んでほしくはねえな」

「我々はむしろガーディアンのつもりだったんだがな」

幸は疑わしそうな視線を向ける。相手の茶目っ気のある表情がなんとも憎たらしく思えてならない。

「昨日の事には感謝してるよ。一応な」

どうやら一応は納得してくれたのかと久留巳は判断する。だが、このまま帰すわけにはいかない。なぜなら彼は幼少期に赤い星を見ているのだ。ならば何らかの異能を授かっているはずである。それがどのようなものなのか見極めるまでは放置するわけにはいかないのだ。だが彼自身そのような異能に目覚めていないという。考えられることはいくつかある。

一つには異能に目覚めてはいるが、それに気づいていない。あるいは本当にまだ覚醒していないのか、いずれにせよ、自分では手に負えない危険のある異能であれば厄介な事になる。

もし、自分では手に負えないのであれば出来うる限り味方につけときたい。印象としては馬鹿ではなく話が通じる相手であり、まともな精神を持った人物そうだ。気が弱い人物とも違い異能に目覚めても自暴自棄になったり、あるいはその力を悪用して罪を犯すような人間とも無縁の存在に思える。

この街の平和を守る……というような高尚なお題目を掲げているわけではないが、家族が百鬼によって傷つけられているのだ。幸い命に別状はなかったが、その後遺症から父は右足が不自由になっている。

警察に頼ったが、全くもって取り合ってくれず泣き寝入りするしかなかったのだが、ある日、自分の力に気付き、同志を集めそういった力を利用して罪を犯しているやつらと対立し始めたのだ。

「ところでな、なぜお前たちはあんなに夜遅くにあの公園にいたのだ？」

「別に、あいつらから夢中になって逃げまわっていたら、偶然あの場所にたどり着いたんだよ」

「偶然……か」

「なんだよ。話は終わりか？　それじゃあ俺はもう行くぞ。あんまり遅くなると未夢が心配するからな」

「彼女によろしく言っといてくれ」

そのまま幸は伝票をレジに持っていき精算をすまし店を出る。彼の矜持《きょうじ》なのか、女性に支払いを任せるというのは居心地が悪かったので、自分で払うことにした。

外に出ると黄昏時の涼しい風が幸の顔を撫でつけた。

店に残された久留巳は一人考え事に没頭している。偶然にあの公園に彼らが逃げ込んできた。そのことを考えていたのだ。本当に偶然なのか？　百鬼に絡まれ走り回り、偶然自分らがいたあの公園に逃げ込み、その騒ぎを聞きつけた自分達が偶然彼らを助けた。

「さて……本当に偶然なのかな？」

クスクスと笑みを漏らしながら久留巳も静かにその店を出た。

☆☆☆☆☆

店から出た幸は、これからどうすべきか考えた。といっても大した案が浮かんだわけではない。なにはともあれ人殺しが目の前で行われたのだ。これを見過ごすという事は彼の倫観から大いにかけ離れている。となれば警察に連絡するのがベストなのだが、一方で危ないところを救われたのも事実である。

彼女達が現れなければ、間違いなく未夢は女性として最悪な体験をすることになっていただろう。それを踏まえれば彼女らは間違いなく恩人である。恩を仇で返すような真似をするのもいかがなものかと少し頭を悩ませる。

そして、いきなり聞かされた荒唐無稽な与太話ともいえるようなオカルト。超能力だか異能力だか知らないがそれがこの街に蔓延している。そして政府はそれを見逃し実験都市としてこの街を放置しているという。

「考えれば考えるほどアホらしいよな……」

自宅に戻り未夢に電話を掛けるが、コール音が鳴り響くだけで一向に電話に出る気配がない。今日の事を話そうと思ったが、精神的にまだ立ち直れていないみたいだ。

幸は一息つくと家を出て、隣に住む幼馴染を直接訪ねることにした。

インターフォンを押し、しばらく待っているとドアがそっと開かれ、パジャマ姿の未夢が顔を出したのだ。

ピンク柄に夢の国の住人が描かれた可愛らしいパジャマ姿である。少し照れもあるが、そんなことは言っていられない。未夢の顔色はまだまだ本調子とは程遠いのだ。

「よっ！　上がっていいか？」

わざとらしく陽気にふるまう幸。そんな幸に対して未夢は笑みを見せるも、ぎこちなさのあまり口元が引きつっている。

「うん。いいよ……」

「おじさんとおばさんは？」

「二人ともまだ仕事だよ。変なの」

時刻はまだ午後五時過ぎである。未夢の両親は共働きである。そのことを知っているのにわざわざ訪ねるなんて、と思いながら未夢は軽く苦笑する。

幸を部屋に案内してクッションの上に未夢はちょこんと座る。

そんな未夢の様子を見ながら、幸は何から話していいものかと頭を悩ませてしまう。

「電話ごめんね」

「いいって気にすんな……」

さっきかけた電話をとらなかったことを気にしているようだ。

「気分はどうだ？　落ち着いたか？」

「……うん。ごめん。やっぱまだ落ち着いてないや」

「だよな」

「警察には？」

未夢が問いかけてくる。

「まだ行ってない」

「そっか……あはは、変だよね。普通はこういう時すぐに警察に連絡するよね」

「そうなんだけどな」

「なんかあったの？」

未夢に問われて、幸は久留巳とのやり取りを語り始める。その間、未夢は何も口を挟まずに黙ってただ聞いていただけであった。

「ほんとバカバカしいよな」

幸はそういって苦笑する。

「でも、その話少し信じられるかな」

「マジかよ？　あのな、どう考えてもオカルトやアニメの話だろ。というか最近のアニメの設定のほうがまだマシだぞ」

「ちょっと前に巨大掲示板の地方のローカル板で、結構その話題が上がってたんだよね……もちろん半信半疑だったけどさ」

「ソースはネットか」

「あーバカにしてる」

「してねえよ」

「嘘だー。幸はネト充嫌いなのしってるもん」

実は未夢は暇さえあれば、常にパソコンの前で色々とやっているタイプの人間である。ときにはネットの配信を利用して生放送などをして楽しんでいるのだ。

逆に幸はインターネットはあまり利用しない。せいぜい一般の人が使う知識程度しかなく、普段の生活ではあまり利用していないのだ。

未夢に対してよく「ネト充、ネト充」と、ばかにしてケンカしたことも少なくはない。

「ごめんね。幸」

いきなり謝ってくる未夢。一体なぜ自分が謝られているかわからずに幸は困惑する。

「幸に忠告されたのに……あたし。幸を初めてって決めてたのに……」

いきなりの告白である。おそらく先日の一件で不可抗力とはいえ、他の男性に体を触られたことが尾を引いているのだろう。さらに言えば気持ちが落ち着かず、色々と混乱しているのだろう。

幸は以前から……というより昔から未夢に心を惹かれていたので相手の気持ちが理解できて嬉しいが、この状況だとあまり素直に喜べず、どういっていいのか言葉をなくす。

ここで傷ついている女の子に気の利いた言葉をかけられるほど、彼の恋愛スキルはそれほど高くないのだ。

「と、とりあえずな……おじさんとおばさんには話したのか？」

幸の言葉に未夢は静かに首を振る。

「心配かけたくないから」

「そっか」

しばらく気まずい沈黙が流れる。未夢の突然の告白によって空気が微妙な感じになっているのだ。未夢は何かを期待する様な目でこっちを見ている。

わかっている。もちろん自分の気持ちも一緒である。だがこのような状況に流されて男女の仲になるのはいかがなものなのか、と幸は思ってしまうのだ。同じ付き合うにしても、もっとこう違う形があるだろう。

そう幸が悩んでいるときに、突如未夢の部屋のガラスが砕け散る。

幸は考えるより早く体が動き未夢をかばうように押し倒す。ガラスの破片の一部が幸の背中に突き刺さり、幸は思わず苦悶の声を上げる。

「みーつけた」

キンキンとする不快な声だ。その方向に目を凝らすと、窓から見知らぬ男性が入ってきて幸と未夢を見下ろしている。

「幸！」

未夢が悲痛な叫びをあげるが構っていられない。人様の家に窓ガラスを割って侵入する人間など、どう考えても友好的な人間ではない。

「人ん家入《ち》るときはインターフォンを押すのが常識だろうが……」

ゆっくりと立ち上がり相手を見据える。

男の容貌はよくわからない。前髪が長く片目を覆っているのだ。前髪から軽くのぞかせるもう片方の目からは、常人とは明らかに違った常軌を逸した気配がうかがえる。

「ああ、ごめんごめん。こうしたほうが手っ取り早いからさ」

「んで、てめえは？　自己紹介くらいしてくれんだろうな？」

「そうだね……どうしよっかなー。個人情報の漏えいって、とっても危険だと思わないかい？」

「人のプライベート空間に無理やり押しかけてくるような奴にいわれたくねえな」

「あははははは！　そりゃそうだ。初めまして百鬼のリーダー大神武《おおがみたける》。よろちくね」

いきなりの大物の登場においおいと、内心頭を抱える幸。

マジで一体何の用なのか。少なくとも友好的でないことだけは確かである。

「いやね。僕ちんも、こんなことしたくなかったんだけどさ。僕ちんの友達が昨日から行方不明なのだよ」

どこかおどけたような、あるいはバカにしているような口調だ。おまけに何か人を不快にさせるようなキンキン声。絶対に友達どころか関わりあうのすら忌避する様な人間である。

「だからってここに来てどうすんだよ？　こっちは善良な一般市民だぜ？」

「うんそうだよね？　普通そうだよね？　僕ちんも力に目覚めてない一般市民を襲う気はないないよ？」

よく言うよ、と心の中で罵倒する。だったら昨日の一件はなんだったのか、小一時間問い詰めたいところである。

「でもねでもね、どうしても……どーしても君に聞きたいことがあるのよね。そう、聞きたいことがあるの。大事な事なので二回言いましたー」

どこまでも人の神経を逆なでするような口調に態度。幸自身もなんどか殴りたくなる心を自制して相手の言葉を待つ。

「久留巳ちゃんって今どこにいるのかな？　かな？」

「知るかよ」

吐き捨てるように言う。久留巳の今現在の居場所など知るはずもない。掛け値なしの本音である。

「嘘だ！　どうしてそんな嘘つくのかな？　かな？　ねね、似てた似てた？」

「誰にだよ！」

「ありゃ……あの名作を知らないとは。うーんちと残念。まあいいや。君が久留巳ちゃんとデートしてたのは知ってるのよ？　仲良いんだねえ」

夕方に久留巳とあるファミレスで、情報をやり取りしていたのを見られていたらしい。

おそらくその辺からつけられて今の凶行につながったのだ。

軽く舌打ちを漏らす。アフターケアーくらい万全にしておけ、とここにいない久留巳に対しての舌打ちだ。

「あの女とは一回こっきりの関わりだ。よくわかんねえ抗争してえんだったら、人の迷惑のかからないところで好きなだけやってくれ」

「ありゃーそうなんだ、残念……うーん、久留巳ちゃんなかなかガード固いねえ。こっちからのデートの申し込みはいつも袖にされるし。僕ねえ実は久留巳ちゃんのファンなんだ。もうね、久留巳ちゃんは僕の嫁ーって世間様に声を大にして伝えたいんだよ。ぐふふ、ぐふ……きゃっ。はずかちい」

そう言って両手を顔で覆って恥じらいを見せる仕草をする大神だが、はっきりいって気色悪い。ドン引きである。

何がしたいんだ……こいつは？　と頭を抱え込む幸である。あまりにも常軌を逸した大神の態度に、緊張していた自分が馬鹿みたいに思えてならない。

「まあいいや……とりあえず君たちを攫《さら》えば久留巳ちゃんも動くでしょう」

いきなり物騒な事を言い出してギラリと異常な目をこっちに向ける大神。なぜそういう思考にたどり着いたのか、訳がわからないが、このような人物にそれを言っても意味がないのかもしれない。

「未夢！　逃げろ！」

いままで幸の後ろに隠れていた未夢に幸は声をかけるが、未夢は昨日の事を思い出したのか、ぶるぶると震え幸の服の裾をつかみながらその場にへたり込む。

「いやああ……いやあ」

「未夢！」

「ありゃりゃ、そっちの女の子泣いてるの？　ねね？　女の子泣かす僕ちん罪な子。てへ」

「てめえ！　いい加減に黙れ！」

怒りが頂点に達して大神に思いっきり殴りかかる幸。

「はい、残念賞」

大神がそういったとたん、ガクンと膝が揺れ幸は崩れ落ちる。景色がぐにゃぐにゃとゆがみ、まともに目をあけることすらできない。

「そだね……男より攫《さら》うのは女の子だね。だよね？　うひっ。それに君を攫《さら》ったら久留巳ちんに連絡取る人いなくなるし。久留巳ちんに伝えて、この女を返してほしければ僕らのアジトに一人で来いって。そうそう君も来ていいよ。能力者じゃないんでしょう？　きゃははは」

その言葉を最後に大神は未夢を抱えて、来たときと同じように窓から消えて行った。

幸は未夢の両親にどう説明しようか、などと考えながら意識が闇に落ちて行った。

☆☆☆☆☆

「……ちゃん。うちゃん……」

誰かが呼んでいるような気がする。まだ寝ていたいのに起こすなよ、と内心腹を立てる。学校の時間にはまだ早いはずだ。朝になったらいつものように支度をして未夢の様子を見て……ああ、そういえば未夢は。

「未夢！」

幸はそこで跳ね起きた。最初に目に飛び込んだのは見慣れた顔。未夢の母親である。

「幸ちゃん！　よかった。もう返事しないから、おばさん焦っちゃったよ！」

そういって幸に抱き着いてくる。昔から自分をもう一人の子供のように可愛がってくれる。幸にとってはもう一人の母親も同然の相手だ。

「おばさん……」

「帰ってきたらガラスは割れているし未夢はいないし……なにがあったの？」

言えるわけがない。あなたのたった一人の愛娘が攫われたなどと……。だが言わないわけにもいかない。

しかしどう説明すればいいのか……百鬼のリーダーに攫われました。通用するわけがない。

「未夢は……攫われました」

簡潔に事実だけを述べる。

未夢の母親の顔が一気に青ざめる。唇がわなわなと震え、手から力が抜けていく。

「おばさん、ごめん！　説明している暇はないんだ！　未夢は必ず取り戻すから！」

「け、警察に！」

「多分無駄なんだよ！」

久留巳の言っていることが本当であれば警察は動かない。それを裏付けるかのように、大神のこの無謀ともいえる強硬手段。警察が動かないという事を知っているからこそ、このような行為に及んだのだろう。

「なんで？　どうして未夢が？」

「おばさん、落ち着いて」

自分でも無茶を言っていると思いながらも、未夢の母親をなんとかなだめようとする幸。

「幸君。君の口ぶりだと未夢を攫った犯人を知っているんだね？」

そこへ未夢の父親が口を挟んでくる。未夢の母親だけに目が行って、父親の存在に気付けなかったようだ。

「はい……知っています」

「分かった……なら私がついていこう」

「ダメです！　ダメなんです！」

「なぜだ⁉　警察もダメ！　私もダメ！　一体何に巻き込まれているんだ⁉」

普段は穏やかで冷静な未夢の父親だが、やはり今はそうとうイラついている。下手をすれば、幸に殴りかからんとばかりに声を荒らげている。

どう説明すればいいのか……。一から説明している暇はないし、説明したところで信じてもらえるかどうかすらわからない。

「時間がありません！　僕は急ぎますから！」

そういって未夢の部屋から足早に出ようとするその背中に、未夢の父親から声がかけられる。

「……警察には連絡させてもらうぞ。未夢の事を頼む」

それに答えずに幸は未夢の家を出た。

すばやくポケットから携帯を取り出す。

やるべきことはただ一つ。まずは久留巳に連絡を取ることである。

夕方に久留巳と待ち合わせしたファミレスに足早に歩を進めながら、相手が出るのをただひたすら待つ。

頼むから出てくれと気持ちが焦る。その想いが通じたのか、電話の向こうから心地いい声が聞こえる。

「どうした？　私の話を信じる気にでもなったのか？」

「ああ！　信じてやる！　だから助けてくれ！」

幸の必死の声に久留巳は思わず眉をしかめた。なにかあったなと確信する。

「事情を説明しろ！　今どこにいる？」

「夕方にあんたと待ち合わせしたファミレスに向かっているところだよ！　未夢が攫われた！　相手は百鬼のリーダーを名乗っていたよ！　大神ってやつだ！」

電話の向こうから舌打ちが聞こえる。

「すぐに向かう！　あいつめ！　ルーブル全員に招集をかける。待ってろ！」

「ダメだ！　大神はあんた一人で来いって！　俺も来ていいと言われたけど……」

「……分かった。ともかく私もすぐに向かう」

話が早くて助かったと思う。だが、その一方で未夢を無事救えるかどうか不安になる。百鬼は何でもアリな集団だ。仮に無事に救えても女性として最悪の状態であれば手遅れである。

時間を見る。現在時刻は午後九時を回ったくらいだ。未夢の家でお喋りしていたのは午後七時。約二時間である。

二時間……最悪の状態に至るには充分すぎるほどの時間だ。

生まれて初めて心の底から神に祈りながら、久留巳との合流に足を速める。

☆☆☆☆☆

待ち合わせ場所には、すでに久留巳がたたずんでいた。黒い髪をなびかせながら、今は近寄りがたいくらいのオーラを放っているようにも見える。時折酒が入っているのか、陽気な男の集団が彼女の美貌に目を留めて声をかけようとしているが、ただ一睨みするだけで撃退されていく。

そんな彼女に息を切らしながら幸は声をかけた。

「すまない。遅れた」

「いや、私も今来たところだ。それで状況は？」

余計なことは言わずに、すぐにでも本題に入る久留巳。

「状況も何も電話で説明したとおりだよ！　未夢の部屋で話し込んでいたら、窓ガラスが割れて大神ってやつがいきなり現れて」

「……夕方にお前と話していたところを見られていたか」

久留巳は己自身の不明を恥じるように、軽く舌打ちを漏らす。どこに敵対勢力の目が光っているかわからないのに油断もいいところだ。

もう少し自分と関わった人間の身辺に気を配るべきであった。だが、久留巳自身もまだ高校生である。そこまでの配慮をしろというのは少し酷かもしれない。

「あいつらのアジトはどこなんだ？　大神の口ぶりからすると、お前は知っているようだが？」

気が焦り少し声を荒らげながら幸は問う。

「街外れにすでに使われなくなった廃車置き場がある。淀んだ空気で、そこかしこから嫌なにおいが漂ってくる場所だ。滅多に人も近づいてこない。あいつらが好んでよく使う場所だよ」

「場所を教えてくれ！」

「無論そのつもりだが……。私一人でも」

「お前がどれだけ力があるかわからんけど、女に助けを求めておいて、はいそうですか。あとは任せますね。っていうほど腐っちゃいねえよ！」

「最近は強い女性が好まれる傾向だと思っていたんだがな」

幸の言葉に軽く苦笑して久留巳は一歩踏み出し、幸はその後を無言のままについていく。

やがて人気がなくなり、街灯もまともになくなる景色が広がっていく。その先にはすでに使えなくなった車が山ほどおかれている。

異様な雰囲気を感じ取り、幸はごくりとつばを飲み込む。

「ここなのか？」

「ああそうだよ……全く厄介な場所をアジトに選んでくれたもんだ」

「勝てるのか？」

「正直わからないな。相手がどんな力を持っているのか……ましてや大神だけでなく、その取り巻きも」

瞬間、幸は久留巳を思いっきり突き飛ばした。突然の不意打ちに久留巳は体勢を崩し大きく後退する。

「なにを……」久留巳が言いかけたところで視界に入ったものを見て言葉を失う。

自分の立っていた場所が大きく陥没しているのだ。そして無数の異形の化け物たち。ファンタジーでしかありえないようなモンスターを見て久留巳は固まる。

「……なんだこいつらは」

「これも超能力とやらなんだろ？」

幸が冷や汗をたらしながら問いかける。

「恐らくな……なんだ？　召喚？　いや具現化か？　だが何をどうすればこれほどの化け物を作れるんだ」

「けーきゃきゃきゃきゃ。あひゃうひゃ！　ああ、くーるーみーちゃーん！　ようこそ僕ちんの家に！　きゃー！　うれちいの！　超うれちいの！　僕ちんの家に久留巳たんのような美人っ娘が来るってさ奇跡じゃね？　ねね？　だからさ僕ちん一生懸命アトラクション作ったの！　さあ久留巳ちん楽しんで！　超楽しんで！　あ、そこのお姫様を助けに来た王子様も頑張ってこのアトラクションクリアしてね！　景品はもちろんお姫様だよーん」

どこからともなく不快なキンキン声が聞こえてくる。忘れるはずもない。大神武の声である。高く作られた十字架に未夢が張り付けられていた。意識は失っているようでぐったりしている。

「未夢！」

幸は思わず駆け出しそうになるが、襟首をつかまれ阻まれる。

「放せ！」

「おちつけ！　ただ闇雲に突っ込んだら命を失うぞ！　忘れるな！」

ドクンと幸の心臓が高鳴る。あまりにも現実離れした光景に一瞬我を忘れかけたが、相手は犯罪者の集まりである。

「大神！　貴様の要望通り私一人で来てやったぞ！　関係ないものは解放しろ！」

「きゃははは！　裸で来てくれたら、もっと最高だったんだけどな。久留巳ちんのおっぱいペロペロ」

あまりにも品性のない大神の言葉に、久留巳はさらに怒りを募らせる。

この常軌を逸した厄介な奴にまとわりつかれ約半年……いい加減、けりをつけたかったのだが、なかなかに狡猾で自分の手をするりと抜ける相手なのだ。

「ああ！　そうそう！　王子様安心してね！　お姫様はまだ処女だから！　うひゃひゃ処女だって！　もう処女とか萌えるよね？　久留巳ちんも処女？　ねーねー？　今ってさ女子小学生もずっこんばっこんなんでしょ？　エロいよねえ。中古嫌い。処女最高。ってことでお姫様はやっぱ処女じゃないとねえ……あれ？　それともこのお姫様すでに貫通済み？　ねーねー王子様の棒でトンネル開通？　だったらやだなあ。どう？　そこんとこどう？　ハイ、テストに出るから答えてね」

ゲス野郎。心の底から幸はそう思う。絶対に一発ぶん殴ってやらないと気が済まない。握り拳を思わず固める。

「あいつの言葉にまともに取り合うな。ペースにのまれるといいようにやられるぞ」

久留巳が静かに幸をなだめる。

「あれれー？　答えてくれないの？　答え欲しいな……まいいや。あんまお喋りしてもあれだからね。ああ久留巳ちんのおしゃぶりなら全然いいのよ？　ってなわけでアトラクション開始！　くるみちん死なないでね？　あ、死んだら愛でるから別にどっちでもいいか。はーい、スタッフのみなさーんやっておしまい！」

大神の言葉を皮切りに異形のモンスターたちが、咆哮を上げて襲い掛かってきた。

幸の顔をめがけて特大の拳をぶつけてきたのは、額に角が生えていて目が三つある真っ赤な顔をした赤鬼と表現するにふさわしい怪物だ。

「この！」

ぎりぎりで体を半身にそらし相手の拳を回避する。幸の身体能力はどこにでもいる普通の高校生だ。なにかしら武道の心得があるわけでもなく、ケンカが中心の生活を送っていたわけではない。

ゆえにこの場において一番弱い存在ともいえる人物だ。それでもこんなところで足を止めるわけにはいかない。必死で相手の攻撃をさばいていく。

「雑魚が消え去れ！」

久留巳が一言発すると、異形の怪物が内部から膨れ上がり破裂し大爆発を起こしていく。内部が飛び散り、臓腑《ぞうふ》めいたものが雨のように落ちてくる。どう考えても精神的に来る光景だが、久留巳はそのことに一切とらわれず次の敵へと目を向ける。

その敵はちょうど幸と相対していた赤鬼だ。幸を助けるために力を発動する。久留巳の力は爆発である。水であろうと空気であろうと、そして人であろうと、視認したものを熱を必要とせずただ爆発させる。

あまりにも殺人的で凶悪な力。公園で幸に絡んだ男を吹き飛ばしたのは空気を爆発させ、その衝撃で吹き飛ばしたのだ。本人を爆発させなかったのは、残酷な光景を初見の幸達に見

せたくなかった配慮からきているものである。

だが今はそのような事は言っていられない。三つ首があり、まるで魔界の番犬と言われるようなケルベロスの形をした獣、サイクロプスのような一つ目の化け物。全身鱗に覆われた半魚人からサイズは小さいが西洋の竜のような化け物までさまざまである。

ゆえに遠慮などしていられない。

「幸！　うまくよけろよ！」

自分の力に欠点があるとすれば、強力すぎて加減が難しいというところだ。手加減するにしても最大の力で放つにしても力の微細な加減がなかなかできないのだ。

そのわずかな隙で幸と相対していた赤鬼が大きく後退する。幸も自分の直感に任せて大きく飛び退く。

とたん、轟音が鳴り響き空気が爆発した。

久留巳はターゲットを外したことに対して舌打ちを漏らす。

「でえええ？　なんだよ！　このファンタジーは！」

空気の爆発により豪風が巻き起こり、砂やら埃やらを一身に受けながらも幸は悪態をつく。

「残念ながらファンタジーではなく現実だ！」

周囲を取り囲んだ化け物を全て爆発させせながら久留巳は幸に答える。

「嘘だろ……」

幸から絶望の声が放たれた。久留巳の攻撃を何とか回避したはいいが、飛び退いた先にはあまりにも巨大な蛇がとぐろを巻いて待ち構えていたのだ。

「お……おい。ここ日本だぜ？」

何をいまさらと思わなくもないが、幸を認識した蛇は獰猛な牙を見せつけるように大きく口を開き、幸を丸呑みしようと勢いよく飛び出す。

相手が動くと同時に、幸は大きく回避してその攻撃をかわすが、蛇の丸太のような尻尾が幸の胴体を襲い、苦悶の表情を浮かべながら、スクラップにされている車に叩きつけられた。

「アァ……」

声すら出せない。今までの人生で体験した事のない最大の痛みである。本当に痛い時って、声すら上げることが出来ないんだな、などと考えながら息を吸おうとするが、その呼吸すらままならない。

「幸！」

幸のほうに気をとられ久留巳は思わず叫んでしまい、それが隙となり久留巳と相対していたサイクロプスに、側頭部をこん棒のようなもので殴りつけられ吹き飛ぶ。大地に転がり、幸が吹き飛んだところまで飛ばされ、そこで体の回転が止まる。

「く……久留巳」

なんとか息を吸って久留巳に声をかける。あの衝撃だ。下手すりゃ即死もあり得る。人一人が宙に浮くほどの威力だ。よくても頭蓋骨陥没くらいいっている。

やべえ死んだか……？　などと朦朧とした意識の中、幸は久留巳の身を案じるが、予想に反して久留巳は素早く立ち上がる。

「やってくれたな……化け物どもが！」

いや、あんたも充分化け物なんだが……などと心の中で思わず突っ込んでしまう。

側頭部から血を流しながらも久留巳は薄ら笑いを浮かべ、自分達を取り囲んでいる化け物どもを見据える。

その笑いは見る者すべてに恐怖を与えるような氷の笑みである。見れば芯から凍りつき、触れればその氷の刃で切り刻むように弱者を踏み潰す、まさに女王のそんな笑みだ。

そして次の瞬間、考えられないような大爆発が巻き起こる。熱さは一切感じない。ただそこにあるものが次々と破裂していく。まるで内部に小型爆弾を仕掛けられたように一斉に大爆発を起こしたのだ。

砂埃が巻き上げられ、鼓膜がもっていかれるんじゃないかとさえ思わせる轟音が鳴り響き、土が舞い上がる。

「ふん……」

久留巳はすでに勝利したかのように、長い黒髪を手で払うしぐさを見せながら、幸に視線を向ける。

「はじめっからやれよ……」

幸はそんな久留巳に向かって軽く悪態をつく。まるっきりいいとこなしで終わったのだ。女に守られてプライドが多少傷つけられたのだろう。

「やつらがなかなか一か所に集まらなかったからな。多少手間取ったが……きりがないな」

言葉を途中でやめ、何かの気配に感づき視線を再び戦場へと向ける。

「……なんでだよ」

幸からも、うめき声が湧き上がる。ようやくすべてまとめて久留巳が吹き飛ばし、決着がついたと思ったのに相手の数が減っていないのだ。いや、さらに増えていると言ってもいいほどだ。

「さすがに厳しいな……」

久留巳から弱音が漏れる。側頭部からの出血に加えて疲労も激しいようだ。

なぜだ？　いくらなんでも不自然すぎる……幸は立ち上がりながらも必死で考えを巡らせる。少なくとも久留巳は百体以上の化け物を相手にして、そのすべてを蹴散らしてきた。いくら超常の力が働いているとはいえ、これはおかしい。

現に同じ超常の力を持っている久留巳には、明らかに疲労の色が見て取れる。なのに相手は疲弊しないどころか、さらに増えているのだ。

何かが引っ掛かる。あまりにも常軌を逸した世界に足を踏み入れ思考が追いつかなかったが、冷静に考えるとやはり何かがおかしいのだ。

——なんだ？　何がおかしい……？


「いい加減に消え失せろ！」

久留巳の怒りの声が響き爆音がその後に続く。久留巳の動きもだいぶ鈍ってきている。限界は近い。このままでは未夢を助けるどころか自分たち自身も危うくなる。

「考えろ……」

自分自身に言い聞かせるように、そして久留巳と対峙している化け物たちの動きを観察しながら、幸は自分の直感を信じて考えに没頭する。

最初に自分と対峙した赤鬼の動き、大蛇の尻尾に腹部を直撃された時の衝撃。久留巳が吹き飛んだ時の光景。

そして電流のように幸は閃いた。

「久留巳！　人型だ！　人の形をした化け物だけを狙え！　他は無視して大丈夫だ！」

「幸？」

「いいから！　早く！」

「……わかった！」

幸の言葉を受け、即座に信用しターゲットを人型の化け物だけに久留巳は切り替える。久留巳の鋭い視線を受け、人型の化け物はまるで人間のような反応を示し後ずさってしまう。

そしてその行動により幸は確信した。

「奥の右手前にいる虎人間《とらにんげん》！　そいつを狙え」

「ターゲット視認……破裂しろ！」

とたん、幸の示したターゲットは内部から膨れ上がり破裂して臓腑をまき散らした。

そして人型以外の化け物たちが溶け込むように消えていく。更に人型の化け物たちも人に戻っていった。

「……これは」

久留巳が化け物から人に戻った人間を見据えながら幸に問う。

「幻術……もしくはその類の術に俺達はかかっていたんだよ」

「なるほど。人型以外の化け物は全て作り出された幻術というわけか。だが、人型以外から受けたダメージには痛みがあったぞ？」

「強力すぎる暗示は肉体にも影響を及ぼす。目隠しした人間に熱したアイロンだと信じさせてボールペンを押し当てたら、なぜか押し当てた場所に火傷が出来る。有名だろ？」

「ククク。なるほどな。なら幻術だけで我々と相対すればいいだけの話じゃないか？」

「嘘をつくときのコツは真実を少しだけ混ぜる。幻術だけだと、それが本物だと信じ込ませるのは難しいと判断したんじゃないか？　人一人が吹き飛ぶダメージを受けておきながら、平然としているのはあまりにも不自然すぎるしな……幻術の化け物の攻撃に自分達の力を織り交ぜていたんだろ？　それに俺と最初に対峙した赤鬼はあんたの攻撃をよけたが、幻術で作られた化け物はあんたを警戒することもなく平然と受けてた……」

「なら最後の質問だ……なぜあの虎人間が幻術使いだとわかった？」

「勘だよ」

幸の言葉に久留巳は大きく笑い、腹を抱え涙目になる。

「くはははははは！　なるほどな！　勘か！　そうかそうか……ククク。さて百鬼の諸君。種も仕掛けもばれたぞ？　私に勝てる自信があるなら挑んでくるがいい。ただし、そこの虎人間のように無残な死体に変えられる可能性を熟慮したうえで選ぶがいい」

残っているメンバーは七人ほどである。何人かは先ほどの戦いで、久留巳の攻撃をよけられず命を散らしたのだろう。

ざわざわと百鬼のメンバーが浮き足立つ。久留巳の性格はともかく、力の凶悪さはよく知られている。ましてやその力を存分に見せつけられたばかりである。

「じょ、冗談でしょ？　安全対策はバッチリできてるって話じゃねえか！　ふざけんな！」

「なにが美人鑑賞会だよ！　こんな話聞いてねえよ！」

それを皮切りに、やいのやいのと騒がしくなり、全員が逃げるという選択をし二人に背を向け駆け出す。

が、全員がぐらりと揺れ、その場に倒れ込み意識を失った。

「あっれー？　なんで逃げるのかな？　ここは一致団結ゆうじょうぱわーで迫りくる悪鬼を倒すシーンでしょ？　僕ちんたち親友なのに僕ちんの企画を途中で投げ出すなんてダメダメだね」

闇の中からそんな事を言いながら、大神武がゆっくりと現れた。

前髪からのぞかせる異常なまでにぎらついた瞳を幸と久留巳の二人に向け拍手をする。

「ま、いいや。アトラクションクリアおめっでっと。この子は返すよ。アトラクションクリアしたら返す約束だもんね。僕ちん、実は結構約束守る律儀者なの。うふ」

ふわりと未夢の体が宙に浮いて、ゆっくりと幸の前におかれる。幸は素早く駆け寄り未夢を抱き起こす。

「未夢！　未夢！」

「しばらく目覚まさないよ。うん。ちょっと薬使って眠らせたから」

「てめえ！」

「ま、こわーい。なんで怒ってるの？　僕ちん何かした？」

「相変わらずよく回る舌に都合のいい頭だな」

久留巳が進み出て大神に鋭い視線を突き付けるが、大神にとってはご褒美といわんばかりに恍惚な表情をしながら体を震わせている。

「いやーん。久留巳ちん。もうせっかく大好きなのに、いっつも僕の事無視して……あげくにこんな男と食事なんてこの浮気者！」

「もういい黙れ！」

「黙らないよー！　僕知ってるんだもん。久留巳ちん。もう力使えないっしょ？　限界だもんね？　僕ちんも同じレベル３だから知ってるんだもん」

「レベル？」

幸は思わず疑問を投げかけた。

「レベルって言ってもＲＰＧのレベルじゃないよ？　あくまで力の強さを測る目安だよ？　決めたのはどっかのお偉いさん。雑魚倒して経験値ゲットしてレベルアップなんて出来ないからね。したいけど。うーん残念」

「頭がいてぇ……」

訳が分からず幸は軽く額を押さえる。

「こいつと話すと私も頭が痛くなる。全く」

「ま、そんなことはどーでもいいの……力の使えない久留巳ちん。萌えますなあ」

「どうするつもりだ？」

久留巳が問いかける。

「え？　それ言わせるの？　はずかちい」

幸はそっと久留巳の横顔をうかがう。疲労があるせいか、顔色が悪く本当に力が使えなくなっているのかどうか判断がつかない。もし相手の言っていることが本当であれば、このまま見捨てるわけにもいかない。すでに大神は自分と末夢には興味を示していない。やつの言動から久留巳に対して相当な執着を持っているようだ。そのためだけに末夢を攫い、久留巳とつながりをもっている自分が助けを求めれば久留巳が動くと踏んだのだろう。

そして久留巳を散々翻弄し、力を使わせ疲弊させるために、あの大がかりな仕掛けを施したのだ。

力の使えない久留巳は、そこらにいる女子高生となんら変わらない。ましてや相手は久留巳と同レベルの力の使い手である。勝敗の差は明白すぎるほどだ。


自分にできることなど、たかが知れているが、このまま見捨てるという選択肢はどうしても取れない。下手すれば命を失いかねない危険性があるとわかっているが、それでも末夢を抱えて自分達だけ逃げ出すことは彼の考え方から大きくかけ離れている。

ちらりと眠っている末夢を見る。何も知らないまま自分の行動に巻き込まれ、命を落とすかもしれない。

せめて末夢を安全な場所に運んでから、またここに来る時間があればいいが、それを相手は許さないだろう。自分がここから離れれば久留巳はどうなるか。そんなことは容易に想像はつく。

「……くそ」

悪態をつきながら、幸は久留巳をかばうように前に進み出る。

「おい、無理をするな。もともとお前たちは巻き込まれた身だ。さっさと逃げろ」

絶対的に不利な状況にもかかわらず強気な口調だ。

「俺だって未夢を安全な場所に運びてぇよ！　けどだからって見捨てられるか！　あーもう、俺高校生だぜ？　こんな二者択一いきなり迫られても即座に決断できるほど経験値つんでねぇよ」

「ありゃ？　せっかく見逃してあげるっていってるのに何？　戦っちゃうの？　僕ちんと？」

首をかしげながら小ばかにするように幸を見据える。せっかくあこがれの女性と、ようやくお近づきになれたのに、このゴミはうるさいとすら思っている。

大神の興味は久留巳しかない。その他は塵芥に等しく、幸にも未夢にも本来であれば、まるっきり関心がないのだ。ただ久留巳をおびき寄せる餌としてだけ利用価値を見出したが、それ以外はそれこそどうでもいいのだ。

「ま、いいや邪魔だから死ね」

いうやいなや力を発動する。その力が触れた瞬間、間違いなく幸の命は奪われるはずであった。

が、幸はその力をすり抜ける。

「え？　なんで？」

大神から驚愕の声が漏れる。大神の力は振動である。久留巳が全てを爆発させ、破裂させるのに対して大神は大地を、空気を、音波を、すべて揺らし衝撃を与えることが出来るのだ。最初に幸の意識を奪った力は、その力によるもの。空気の振動によって大きく脳を揺さぶられ意識を失ったのだ。

それだけなら殺傷能力という意味では、はるかに久留巳のほうがすぐれているが、この力の恐ろしいところは、その後も後遺症を与え続けることが出来るという一点にある。脳に障害をおわせ、いわゆるパンチドランカーという症状を作ることが出来るのだ。そうなった相手をどうしようが完全に意のままである。

ゆえに大神はこの力を非常に気に入っていた。この力を使い、幾多の人間を破滅に追い込んできたのだ。なのに自分に飛びかかってきた相手に、なぜか自分の力が作用しない。いや違う。

自分が放った力を事前によけて振動の隙間をすり抜けているのだ。

目に見える攻撃じゃないのに、ましてやこの至近距離でなぜ？　と疑問符を浮かべるが、答えが出る前に顔面にすさまじい衝撃が走り大きく吹き飛ぶ。

口と鼻から出血し、あまりの痛みに涙が出る。

「ふ、ふぎゅ……い、痛い！　なんで？　どうして⁉　僕の顔が！　ふ、ふぐう。お、お前！」

自分を殴った相手である幸を睨みつけ、さらに振動を放つが、幸はそれらを回避して再び拳を繰り出す。

「もういっちょう！」

再び顔に痛みが走り、大きくのけぞる。

「なんで僕の力を避けられるんだよ⁉」

「勘だ！」

「なんだよそれ！」

「てめえは絶対にぶん殴るって決めてたんだ！　もう一回！」

「があああ！　痛い痛いよ！　みのる！」

突如ここにはいない人物の名前を大神は叫ぶ。

「はいよー」

どっからともなく、おちゃらけた軽薄な声が聞こえ、大神の体が宙に浮かぶ。

幸は思わず驚いて宙に浮いた大神を視線で追う。

夜の暗がりでよく見えないが、大神の傍にもう一人の人影が浮かんだ。

「ありゃ？　派手にやられましたね？　計画バッチリっていってたのに」

「う、うるさいよ！　ばっちりだったんだよ！　もうちょっとで久留巳は僕の物になったんだ！」

「無理ですって、諦めましょうよ……どう考えてもリーダーの手に余りますから」

会話から察するに、どうやら百鬼のメンバーの一人のようだ。

「それで？　どうするんです？　言っときますが俺、戦闘力ないですよ？」

「仕切り直しだよ！　くそくそ……お前！　顔覚えたからな！　絶対殺してやる！　ばーかばーか！」

小学生のような捨て台詞を残して、大神はそのまま宙に浮かびながら夜の背景に溶け込んでいった。

「えっと？　え？」

あまりにも拍子抜けな一幕に、思わず間抜けな声を発してしまう。

「ま、お前の勝ちだ。……なるほどな」

声のほうへと顔を向けると、久留巳がコロコロと心地のいい声で笑っている。あまりにも意外な結果に笑うしかないというような感じだ。

「そうかそうか……。お前の力はそういう力か？」

「なんだよ。一人で納得してんじゃねえ！」

「未来視……いや少し違うな。預言者？　これも違う……ククク。これは面白い。さて一体お前に秘められた力の正体はなんなのかな？」

久留巳の顔が幸の目を覗き込むように間近に迫る。いきなり美人の顔がドアップになりのけぞってしまう。

「う、ううん……」

うめき声が聞こえ、幸は久留巳から距離をとるようにそちらへと駆け寄る。

未夢が目を覚ましたのだ。

「未夢！　未夢！　俺だ。幸だ！　わかるか？」

「幸……あはは。幸！」

未夢を抱きかかえる力に思わず力が入る。無事でよかった。目を覚ましてくれてよかった。

幸は心からあらゆる神々と、そしてほんのちょっぴり久留巳に感謝する。

「なんとなく幸が助けに来てくれるって思ってたよ。昔から幸はあたしが泣いていると絶対に助けに来てくれたもん。だからね……全然不安じゃなかったよ」

そう言いながらも未夢の目から涙が零れ落ちる。その涙を幸は指で軽く拭う。本当に無事でよかった。

「ごめん」

「なんで幸が謝るの？」

「お前が攫われるのを止めることが出来なかった」

「でも助けにきてくれた。そうでしょ？　幸、大好きだよ」

「俺も未夢の事が好きだ」

「まったく、女から告白を受けないと自分の気持ちを打ち明けられないって、男としてどうなの？」

「ごめん」

「許してあげる」

そういって未夢がそっと目をつむる。いくらなんでもこの展開をとぼけられるほど、幸は鈍感ではない。ゆっくりと未夢の顔に自分の顔を近づけていく。

「一応、第三者がいるんだがな？」

空気を読んでいないのか、それとも空気を読んだ上であえて発したのか。そんな声が響き、二人は急激に離れた。

「あ、公園の時の……」

一度見れば忘れられないほどの美人である。久留巳の姿を見てすぐに誰だか未夢は思い出す。

「改めて星野久留巳だ。無粋な真似をして悪かったな。どうもあのような空気は苦手でな」

どう考えても悪いと思っていないような態度である。

末夢はあの甘いシーンを見られたという事で、多少顔を赤らめてしまった。

「何はともあれ、無事でよかった。私の不注意に巻き込んですまない」

「不注意って……」

「その件は後で詳しく話すよ」

最後の言葉は幸の言葉だ。ラブシーンを邪魔されて腹を立てているのか、それとも単に疲れているだけなのか、少しばかりとんがった言い方だ。

「まあ、今後とも幸とは親しくなる予定だ。お前ともこれから縁があるだろう。よろしくな」

「幸？　どういうこと？　なんでこんな美人さんが幸と親しくなるの？」

黒い気が末夢の全身から急激に発せられる。あまりのその強さに景色が歪んで見えるほどである。幸の視線からではあるが。

「お、おい待て……末夢！　お前は何かとんでもない誤解をしている！」

「私と幸は一晩汗をかき、戦い合った仲だからな」

「……幸？」

「久留巳！　お前はもう黙れ！　末夢騙されるな！」

「私は嘘はついていないぞ？」

「お前、俺に何の恨みがあるんだよ!?」

幸は少しずつ距離をとり、一気に駆け出す。

「待て！　幸！　ちゃんと説明しろ！」

「殴らずに話を聞いてくれるならいくらでも！」

「いいから待てー！」

そんな二人を見ながら、久留巳は微笑ましくクスクスと笑う。力に目覚める前に自分にもああいう時間が確かにあった。友達とバカな会話を心から楽しんでいた。すこし羨ましくなり、ほんのちょっと意地悪をしてみただけだが、出来立てのカップルには少々きつすぎた冗談のようであった。

空を見上げると太陽が昇り始め、朝焼けが街を照らしている。

久留巳は思う。どんな力があろうと所詮は箱庭の中での出来事に過ぎないと。

所詮は実験都市に過ぎないのだ。それでも自分達は生きている。そのまま誰かの思惑に飲み込まれるなど、ごめんである。

この街には百鬼以外にも様々な勢力がはびこっている。それらと相対しながら、平和な時をいつか勝ち取りたいと心に誓い、久留巳は二人のあとを追いかけていった。


これは小さな街の小さなちょっとした物語である。

林檎姫より愛をこめて

猫田　蘭

プロフィール

＊　フェザー文庫『脇役の分際』作者。
＊　メインキャラよりもサブキャラに感情移入するタイプ。
＊　怪獣と戦うヒーローよりも倒壊するビルの中の人が気になる。

三月三日

お兄様へ

ご無沙汰《ぶさた》しております。二年ぶりになるかしら。リルです。旅行作家になると宣言《せんげん》して家を飛び出したあなたの妹、リル・A・カルヴァドスです。

勝手に飛び出したとはいえ、二年も放置されっぱなしだったので最近ちょっと心配になってきました。まさかとは思うけど、私のことお忘れじゃありませんよね？　ただ単に、広い心で見守ってくれていただけですよね？（お兄様のことだから、どうせ定期的に調査なさってたんでしょ？）

お父様、お母様はお変わりないですか？

おじい様は……相変わらずみたいね。色々噂《うわさ》を耳にします。結構《けっこう》有名です、「老《ろう》カルヴァドスはいかにして山を下ったか」及び続編「老カルヴァドスはなにゆえに滝を上ったか」。そろそろお歳を考えて、無茶を控《ひか》えてほしいものです。あそこまでされると身内としてはちょっと恥ずかしい。でもまぁ、お元気そうでなにより。

私は今、個人向けツアーガイドのお仕事をしながらなんとかやっています。このお仕事、旅行作家を目指す人間にとっては一石二鳥なんです。だって、経費《けいひ》で観光地に行けるうえにお給料をいただけるんだもの。

お仕事の合間に紀行《きこう》文も書けるし、我ながら良いお仕事にありついたと思っています。

猫のマークの旅行誌に私の紀行文が載《の》ってるの、ご存じでした？　「リル・シードルより愛をこめて」っていう、ちっちゃなコーナーなんですけど。

観光地で見つけたかわいいお土産のピックアップ記事をメインに扱っています。良かったら今度読んでみてくださいね。お土産が当たる懸賞《けんしょう》もやっているので、ぜひ！

あ、そうそう、「リル・シードル」というのは私のペンネーム、というか偽名《ぎめい》です。家を出てから、私は「リル・シードル」と名乗って生活してるんです。

だって、世間の偏見《へんけん》ってすごいんだもの。

巷《ちまた》では、「Ｆ《フィーチャー》やＡ《アーティファクト》の一族は、滅びた旧文明の知識や技術を独占して既得権益《きとくけんえき》を貪《むさぼ》る守銭奴《しゅせんど》で、どいつもこいつも鼻持ちならねぇヤロウばっかりだ」な～んて思われてるんです。それで、毎日豪華《ごうか》なドレスを着て日がな一日あははおほほと社交《しゃこう》だけして暮らしてるって。

現実はそんなに甘くないのに。うちなんて、何度事業をたたもうと思ったことか。特に、おじい様のせいで。

そもそもＦさん達はともかく、Ａの実態《じったい》なんてただのコレクターか研究者なのにねぇ。

ま、そういう先入観《せんにゅうかん》がはびこっているお陰《かげ》で、私の正体は全くバレそうにありません！

まさかこんな性格の私がＡの一族出身かもしれないなんて、だ～れも疑おうとすらしないんです。……それはそれでちょっと悔しいような気がする！　けど！

と、本題を忘れるところでした。あの、実はお兄様に折り入ってお願いがあるんです。二年も連絡を絶っていたくせに、本当に、本当に図々しいお願いだとはわかっているのですが、これにはのっぴきならない事情があるの。

どうか、うちの会社の推薦状《すいせん》を書いてください！　文面には特にこだわりありません。「以前私的《してき》な旅行で使ったが、堅実《けんじつ》、健全《けんぜん》で素晴らしい会社だった」みたいなことを適当に書いていただければそれで。あ、宛名《あてな》は空欄《くうらん》で大丈夫です。でもお兄様のサインと刻印《こくいん》は必《ひっ》須《す》です。

といっても、何に使われるかわからないままほいほいと書いてくださるお兄様じゃありませんよね。うーん、どこから説明したものやら。

お兄様はご存じですか？　三年に一度行われる予見士《よけんし》の祭典《さいてん》を。

それぞれの地方から各一名、全部で四十八人の予見士さんが一堂に会して、集《つど》った人々と握手してくれる、という謎のお祭りです。予見士さんってほら、遺伝子《いでんし》操作《そうさ》の賜物《たまもの》か、みなさん美形でしょう？　手を握《にぎ》ってもらえるだけでうれしい、というファンが一定数いるんです。

予見士さん達は各地方支部から渦《うず》を描《えが》くようなルートで巡礼《じゅんれい》（という名のファンサービス）しつつお祭りの開催地《かいさいち》に向かうのですが、このエスコートのお仕事って、色々おいしいの。

まず、報酬《ほうしゅう》が破格《はかく》。予算の上限もあり得ないくらいに高いから、贅沢《ぜいたく》なお宿にお食事、最新の交通機関もケチらず使えます。予見士さんを守るために最高レベルの護衛《ごえい》がついてくるから安心安全。

そして何より……会社の名前にハクが付くんです。このお仕事を受注《じゅちゅう》するのは、旅行会社にとって大変名誉《めいよ》なことだとされているのです。

あー、今お兄様が「あほらし」って呟《つぶや》く声が聞こえたような気がしました。そうでしょうとも、これぱっかりはこの業界の人間にしかわかりません。正直私も、ついこの前までどうでも良いような気がしてました、はい。

だって予見士協会って、妙に偉そうなんだもん。「俗世《ぞくせ》のあなた方とは違うんです！」みたいな雰囲気《ふんいき》で感じ悪いし、予見一つでとんでもない額のお布施《ふせ》ふんだくっていくし。あんまり積極的に関わりたくないなって。

でもね、社長が。社長が、目をキラキラさせておっしゃったんです。

「いいなぁ。いつかうちも、あの仕事とれたらなぁ」って。

もう、キュンキュンしちゃって！

背が低くてちょっぴりメタボ体型で頭髪も風前の灯《ともしび》といった見た目なんですけど、うちの社長はなんだかすっごくかわいいんです。

それにほら、右も左もわからない世間知らずな私に仕事を与えて、アパートの保証人にまでなってくださった大恩人ですよ？　叶《かな》えてあげたい、その願い！

というわけで、私は頑張ってリサーチしました。結果、一つの結論に達したのです。この仕事を受けるには、FまたはA家の推薦状が不可欠《ふかけつ》である、と。

なんかもう、どこまで上から目線なんだとか、お高く留《と》まってるのはむしろこいつらだろうとか、色々言いたいことはい～っぱいあるけどそれはこの際飲み込むとして。

お願いです、私達にチャンスをください。お兄様からの推薦状、それさえあれば私、何が何でも仕事をもぎ取って見せますから。どうか、どうかお願い、お兄様！

色よいお返事をお待ちしてます。


リル・シードルことあなたの妹より、愛をこめて

三月八日
大好きなお兄様へ
推薦状ありがとうございます！　感謝します！　それから、かわいい旅行着をあんなにたくさん。本当にうれしいです。お父様、お母様からの応援の品とお手紙も受け取りました。
これからはちゃんと近況報告するようにとのこと、了解いたしました。
でも、その……。カルヴァドス入りの酒樽《さかだる》三つって、まるで私が飲んだくれみたいじゃない？　まぁ、飲むけど。飲んじゃうけど。今度娘に何か送る際には、もっと小さくて軽くて女の子好みのものを、とアドバイスしておいてください。

それから、あの東洋風の鎧兜《よろいかぶと》は、まさかおじい様から？　似たものをおじい様のコレクションルームで見たことがあるようなないような……。

えーと、なんだかちょ～っと勘違いされているような気がするので、ガイドのお仕事について簡単に説明しておきます。お兄様から伝えてください。

ガイドというのは、旅行者、冒険家の皆さんが見知らぬ土地に赴《おもむ》く際に雇《やと》う、通訳兼《けん》プランナー兼コーディネーターです。護衛は兼《か》ねません。（↑はい、ここ重要！）

お客様の身に何かあったとしても、不可抗力《ふかこうりょく》またはお客様ご自身に起因《きいん》する事故の場合は免責《めんせき》されます。極端《きょくたん》なことを言ってしまえば、危機的状況下においては自分の身を守ることを最優先して構《かま》わないのです。走って逃げちゃって良いんです！

そういうわけで、重い甲冑はかえって邪魔になるだけですから、お気持ちだけ受け取って現物は着払いで送り返したいと思います。ごめんなさい。

おじい様が落ち込むといけないし、できればこっそり隠しちゃって。私の部屋のクローゼットの奥なら絶対バレないはず。

さぁ、これからお兄様の推薦状を持ってコンペ会場に行ってまいります。お仕事が取れるよう、祈ってて！

妹より愛をこめて

三月十二日

お兄様へ

やりました！　うちの会社が見事、サジッタ地方の予見士さんのガイド役を受注《じゅちゅう》しました。サジッタ地方の予見士さんといえば、今回のお祭りの優勝候補です。（このお祭り、なぜか一般投票《とうひょう》による順位付けなんてものがあるの。）

コンペ会場で書類審査《しんさ》をクリアしたあと、待っていたのはくじ引きでした。思えば私、小さい頃からここ一番という場面での引きが良かったような気がします。

特に注目度の高い予見士さんのガイド役、ということで、会社は今お祝いムードです。社長も大喜びで、目をうるうるさせて（つぶらでかわいい！）ありがとう、ありがとう、って。

あんなに喜んでいただけるなんて。お兄様にご無理をお願いした甲斐がありました。

あとは、肝心のガイド役を誰が務《つと》めるか話し合うだけです。きっとベテラン勢の誰かになることでしょう。

今から会社で祝賀会《しゅくが》です。そろそろ例の酒樽を運び出しに同僚《どうりょう》達が来る時間なので、今日はこのへんで。

では、また。

妹より

三月二十五日

お兄様

よくわからない流れになってきました。

予見士さんのガイド役、私が指名されちゃいました。そういう「予見」が出てしまったんです。うぅ、やだなぁ……。

会社のみんなの前で、「林檎《りんご》の名を持つ娘がなんちゃら～」、なんてかまされた時は心臓が止まる思いをしたけれど、幸い、私の偽名は「リル・シードル」。

シードルって林檎で作るお酒ですもんね～、ってことでなんとか誤魔化しました。

うっかり「林檎姫」なんて呼称をもらってしまった身（私が生まれた時に、お祝いと称してお布施をもぎとりに押しかけて来た予見士さんがくれた呼称なんでしょう？　迷惑な）ですから、こんなこともあろうかと偽名も吟味《ぎんみ》しておいたんです。

シードル村の村長さんには、ちゃんとお話を通してあるから大丈夫！　遠縁《とおえん》の娘ってことで口裏合わせてあります。結構ノリノリでした。気のいいおじいちゃんです。

で、まぁ、指名されたからには仕方がないので、旅のご一行と顔合わせするために、サジッタくんだりまでえんやこらとやって来たわけですが。前途多難《ぜんとたなん》そう……。

予見士さんは、さすが優勝候補だけあって美少女でした。

予見士の特徴《とくちょう》であるシルバーブロンドの髪はつやっつやで、しかも長さが腰まであるの！　大変です。とても一人では維持《いじ》できそうにありません。お手入れするお世話役必須《ひっす》です。旅の間は三つ編みにでもしておいてほしいところです。

子供っぽいふっくらとした優しい輪郭《りんかく》のお顔に大きなエメラルドのおめめ。そういえば子供の頃、ああいうお人形持ってました。お鼻が低めなところもそっくり。

全部のパーツが完璧《かんぺき》であるより、ちょっとだけ外した方が親近感を覚えるものなんですね。

十五歳にしては、言動が緩～い気がします。お花畑ちゃんというか。

あ、でも意外なことに、お勉強方面はとても優秀なんですって。特にお得意なのは天文《てんもん》学。占星術《せんせいじゅつ》にかけては右に出る者がいないとか。（前から疑問に思ってたんですけど、どうして予見士さんって占いのお勉強をしたがるの？　あの人達はX染《せん》色体《しょくたい》に組み込まれた「予見遺伝子」で、直感的に予見するんですよね？）

さてここからが大人の事情なのですが、この予見士さん、F・某《ぼう》家がバックについているらしいの。多額《たがく》の寄付金《きふきん》を引っ張ってくる金の卵ということで、サジッタ支部では真綿《まわた》でくるむように（あるいは腫《は》れ物に触《さわ》るように）、大事に大事にされているみたい。

あぁ、名家《めいか》とは名ばかりの家でわりと大雑把《おおざっぱ》に育った私とは相性《あいしょう》悪そう……。

今回の旅にも、そのF・某家お墨《すみ》付きの騎士《きし》さんが同伴するんですって。いやまぁ、護衛を用意してくださるのは大変結構なんですけど。紹介された騎士さんがなんか、こう。

他にいい人材いなかったのかなって、ちょっと。

金髪碧眼《へきがん》、男性的な美貌《びぼう》、鍛《きた》えられた身体、と見た目は満点なのですが、態度がよろしくありません。予見士さんには気持ち悪いくらいに甘ったる～く微笑みかけるのに、私を含め、「その他」の女性に対してはガラっと態度を変えるんです。「顔は笑っているけど目は笑っていない」というアレ。きもちわるぅい。

絶対にお前らなんて信じないぞ、と言われている気分になります。とっても不愉快《ふゆかい》。

きっと、見た目が良いからモテてモテて困っちゃって、調子に乗って若いうちから適当に遊んでみた結果、女性不信になってしまったタイプです。わかりやすすぎ。

それできっと、「無垢《むく》（と書いて世間知らずと読む）」な予見士の少女に出会ってコロっとやられたパターンです。絶対そう。年齢が三十五歳ということは二十歳差になりますね。うわぁ、犯罪……。ロリコンです、ロリコン。

まさかとは思いますが、最悪の事態を招《まね》くことのないように監視《かんし》しておくことにします！

それからもう一人、メイドさんも来るそうです。もうね、何も突っ込まない。突っ込んだら負けだと思ってます。

このメイドさん、これがまた見るからに不遇《ふぐう》な子で。（子、と言っても十七歳だそうですが。）アッシュグレイのボブヘアに交じるプラチナブロンド、そして片側だけ翡翠《ひすい》色、もう片方は琥珀《こはく》色の目。おそらく、予見士の血筋《ちすじ》ではあるものの能力が発現《はつげん》しなかった――あまりこういう用語は好きじゃないのですが――「なりそこない」、です。

最近はこういう子が増えているみたいですね。

はたして旧文明の科学者達は、強引な遺伝子操作がこのような禍根《かこん》を残すことを想像できなかったのだろうか、なんて、ガラにもなく難しい顔で考え込みたくなります。技術が失われた世界で、いわゆる「新人類」達がその種《しゅ》をどう存続《そんぞく》してゆくか……。

あー、こういう思考に陥《おちい》ると鬱《うつ》っぽくなってしまうのでやめておきましょう。

彼女もいっそ、予見士協会を飛び出してしまえば良いんです。せっかく美人さんなんだから、もっと楽しく生きれば良いんです。

どうしてわざわざ、不当《ふとう》な扱いを受けるとわかっていて協会に留《とど》まるのか、私には到底《とうてい》理解できそうにありません。ひょっとしてマゾ？　マゾなの？

そういう趣味《しゅみ》なのだとしたら余計なお世話かもしれませんが、機会があればそれとなく出奔《しゅっぽん》を勧《すす》めてみることにします。

この他にサジッタ支部が雇った護衛が二名加わるそうですが、顔合わせには現れませんでした。真っ当な人達であることを祈るばかりです。（はっきり言って、いわゆる「冒険者」はエキセントリックな人物だったり訳ありだったりすることが多いので、期待はしていません。）

さて、気が進みませんけど旅支度を始めます。

そうそう、旅の期間中（大体三ヶ月くらいを予定しています）、私宛のお手紙は会社に送ってくださいね。会社が行程《こうてい》予定表に沿って転送してくれることになっているので。まず無いとは思いますが、緊急《きんきゅう》の呼び出しも会社経由《けいゆ》でお願いします。お父様お母様、おじい様にもそのようにお伝えください。

あ、くれぐれもカルヴァドスの紋《もん》入りの封筒《ふうとう》は使わないでください。市販《しはん》のもので。差出人名は、そうですね……「ジョン・スミス」なんてどうかしら？　私、「ジョン・スミス」さんからのお手紙に憧《あこが》れていたの。いかにも謎の人物っぽくて素敵《すてき》じゃない？

では、そういうことで。

かわいい妹より愛をこめて

四月十日

お兄様

お変わりありませんか？

現在私達はエリダヌス地方を巡礼中です。この地方はサジッタと違って、道も街もきちんと整備《せいび》されているのでとっても便利。

馬車の旅から鉄道の旅に変わったので、謎の暴漢《ぼうかん》に出くわす頻度《ひんど》も大分減りました。（ほらお兄様、「謎の暴漢て何だ？」って突っ込んでくださいな。）

もうね、予見士の祭典って、思っていた以上にドロッドロの熾烈《しれつ》な首位争奪《そうだつ》戦でした。妨害《ぼうがい》工作上等、陰謀《いんぼう》駆け引き脅迫誘拐《きょうはくゆうかい》。なんでもありらしいです。

どうりで護衛が複数必要なわけです。ガイドの選出にあたって推薦状を求めるのも仕方のないことなのかも。なるべくリスクを排除《はいじょ》（または分散《ぶんさん》）しておきたいのでしょう。

サジッタ地方は緑豊《ゆた》か、と言えば聞こえは良いのですが、要はまだ開発が進んでいないド田舎なんです。一本しかない街道は、深い森と小さな村を交互《こうご》に繰り返すルート。これでは襲《おそ》ってくださいとお願いしているようなものです。

出るわ出るわ、野盗《やとう》に扮《ふん》した工作員が昼夜《ちゅうや》問わずに襲《おそ》いかかってきました。

あまりにもやり口があからさますぎるので、私は何度か「恥ずかしくないのっ？」とお説教《せっきょう》してやりました。わかっています、無駄です。でも、言わずにいられなかったの……。

行程《こうてい》の都合《つごう》でやむを得ず野宿する夜なんて、もう。寝不足必至《ひっし》です。

かつては、代表の予見士を守るため一個師団《いっこしだん》を雇って旅に送り出した地方もあったのだ、と騎士さんから聞かされた時は眩暈《めまい》がしました。

さすがに問題視されて、以降「戦闘能力を持つ付き添いは三名まで」という紳士協定が結ばれたとか。（違う、問題視すべき点はそこじゃない！）

唯一の救い（？）は、雇われた冒険者さん達（双剣《そうけん》使いさんと、薬師《くすし》さんです）が期待通りの腕だったことでしょうか。お蔭で今のところ、怪我《けが》一つなく旅を続けていられます。

でも人格、というか脳みそにはちょっと問題ありなんです。特に双剣使いさんのほうが。緋色《ひいろ》の髪に緋色の目、背はちょっと低め。年齢は二十を超えていそうですが、永遠の少年タイプというか熱血馬鹿タイプというか。あぁそうそう、古き良きヒーロータイプなのかも。

思い込みは激《はげ》しいし、自分本位《ほんい》の正義感に燃えていて、ただでさえ妨害工作対策《たいさく》で手一杯だというのに、更にトラブルを巻き起こすの。声が無駄に大きいのもいただけません。

それでもって、人助けが趣味。そう、あれはきっと趣味。

ひとたび困っている人を見かければ、護衛の仕事を放り出してそっちにかかりっきり。下手をすると丸一日戻ってこないことがあります。

私ね、ボランティアって、自分のすべきことをきちんとできている人が、その余裕《よゆう》枠でする（それも密やかに）することだと思うの。もちろん、いろんな考え方があるのはわかっているけど、少なくとも私はそう思うの。

だから彼のように、目の前の「可哀想」だけにひたすら流され続ける人を見ると、こう……。イラっと。

そう、イラっとします。対価《たいか》をいただいて引き受けた仕事を軽《かろ》んじているあの態度に。

なにより腹が立つのは、彼の都合で毎度毎度予定が大幅に狂わされること！

宿屋の手配やら翌日の移動手段の調整やら、どれだけ私が迷惑を被《こうむ》っているか。ちなみに、今夜も行方不明です。もう嫌だ、ほんとに嫌だ。

いっそ彼を解雇《かいこ》して、他の護衛を補充《ほじゅう》してもらえないかしら。

あ、廊下からガラスの割れる音が聞こえました。刺客《しかく》かもしれません。速《すみ》やかに避難《ひなん》したいと思います。では。

遠い地を旅するリルより

追伸《ついしん》（四月十一日）

昨夜のあれは、メイドさんが油壷《つぼ》を割ってしまった音でした。

信じられる？　予見士さんのお部屋の前が火の海ですよ？　思わず見なかったことにしてドアを閉めたくなった私を誰も責められないと思います！

幸い水差しとシーツですぐに消し止めることができたけど、一歩間違えたら大惨事《だいさんじ》になるところでした。

でも、しくしく泣きながら「ごめんなさい、ごめんなさい、愚図《ぐず》でのろまで間抜けでごめんなさい」と繰り返すメイドさんを見たら、もう。まるで私がいじめているような気分になってしまったので、とりあえずこの事件は二人の秘密、ということにしました。（と言いながらお兄様には報告しちゃいましたね。内緒《ないしょ》ですよ？）

幸か不幸か予見士さんの部屋の中はもぬけの殻《から》で――どうやら騎士さんにわがままを言って、こっそりと夜の街見物《けんぶつ》にお出かけしていたみたい。あの人達、自分の立場がわかっていないのかしら？——双剣使いさんはいつもの理由で行方不明だし、薬師《くすし》さんは「宿に着いたら勤務《きんむ》時間外だから」としれっと言い切る人だし。

というわけで誰にも気付かれずにすみました。

あぁ、トラブル処理能力とスルースキルばかりが上がっていく気がします。私は一体、どこへ向かっているのでしょう……。は！　また外で怪《あや》しい物音が。

キリがないのでもうこのへんで。ごきげんよう、お兄様。

四月十七日

お兄様へ

お元気ですか？

私はあまり元気とは言えません。共に旅をする面々と知り合えば知り合うほど、信頼《しんらい》関係を築《きず》くどころか疲労《ひろう》が溜《た》まる一方です。

予見士さんに対する妨害工作は相変わらず。最近は街中でならずものに因縁《いんねん》を付けられるようになりました。やれ肩がぶつかっただの目があっただの、心底《しんそこ》くだらない理由で半日に一回の割合で足止めされるの。

でも中には予見士さんへの妨害行為ではない騒《さわ》ぎもあって、当事者以外にとっては面白い見世物だったかもしれませんのでご報告したいと思います。ある街の、飲食店が多く並ぶ通りでの出来事です。（ちょうどお昼時で、人が沢山《たくさん》いました）人ごみをかき分けて女性が飛び出してきたかと思うと、当て身でも食らわせようかという勢いで騎士さんに抱き付いたのです。

この、あってはならない事態に対し、仮にも護衛という立場であるにもかかわらず騎士さんは硬直《こうちょく》、双剣使いさんは「うおお！」と叫んでのけっぞったきり、やはり硬直。

この二人はもう本当に、自分の仕事が何であるかについて作文でも書いて己《おのれ》を見つめなおすと良いと思います。

唯一薬師さんだけが銃を取り出して構える、という正しい反応を見せました。（この薬師さん、実は銃の腕もかなりのものらしいんです。）自分の職務《しょくむ》以外は何一つやってくれない人ではありますが、それでも一番頼りになるのは彼なのではないかと、最近思うようになりました。

で、その飛び出してきた女性。別に助けを求めてきたわけではありません。なんと、騎士さんのかつての恋人（のうちの一人）でした！

実のところ、旅の間、一度は出くわすだろうなと思ってはいたんです。それで、予見士さんには知られたくない過去を暴露《ばくろ》されちゃうんだろうなって。でも、元恋人さんってば予想以上にキツいキャラで……。衆目《しゅうもく》の前で、あんなに喚《わめ》かなくても良いと思うの。

元恋人さんによると、若かりし頃の騎士さんは来る者拒《こば》まずで、大変不誠実《ふせいじつ》な「悪い男」

だったそうです。（ほらね、予想通り！）

彼のせいで破局《はきよく》したカップルは数知れず。どうやらF・某家内でも、なにやらあったようです。それで左遷《させん》されてやって来た先で真実の愛を見つけた、とか。うわぁ、うわぁ……。

騎士さんは、激《はげ》しく詰《なじ》る言葉を否定するでもなく「悪かったと思っている」「もう俺は変わったんだ」「君には悪いが、本当に愛する人を見つけてしまった」などとしらじらしい謝《しや》罪《ざい》を繰り返しながら、ちらっちらっ、と予見士さんに視線をやっていました。

まったくもって、救いようのないロリコンです。

結局この騒ぎで丸一日潰《つぶ》れるわ、町中の人々から非《ひ》難《なん》と好奇《こうき》の目で見られるわ、散々でした。翌朝早くに人目を忍んで出発する羽目《はめ》になって物資《ぶつし》調達の予定も狂ってしまったし。

……とは言っても、不測《ふそく》の事態で予定が変更されることにはだいぶ慣れました。修行です。日々是《これ》修行なのです。耐えます。

次こそはもう少し楽しいニュースをお届けできると良いのですが。

では、お父様お母様、おじい様によろしくお伝えください。

リル・シードル

四月二十九日

お兄様へ
今私は、病院のベッドでこの手紙を書いています。実は三日ほど前、死にかけまして。毒《どく》です。毒にやられました。

幸い応急処置《おうきゅうしょち》が的確《てきかく》だったお蔭で、経過《けいか》は良好なの。明日には退院できます。

宿を出発する際に、「予見士様のために特別にお作りしました」と渡された特製サンドウィッチに毒が入っていたようで……。本当なら予見士さんが食べるはずだったので、これはもう完全にとばっちりですよね。私可哀想。

あ、言っておきますけど、予見士さん用の特製サンドウィッチを盗み食いしたわけじゃありませんからね？　むしろ厚意《こうい》で交換してあげたんです。

だって嫌いな具が入っているから食べられないって我がまま言うんだもの。ポテトサラダに林檎が入っているのって、そんなに許せないこと？（と、アンケートをとったら私以外全員「無し」派でした。ショック！）

不幸中の幸い、大変わかりやすい毒だったお蔭で、数口食べたあたりで「危ない！」と気付きました。かっこつけてる場合じゃないと思って、その場で吐き出そうとしたんですけど……。

双剣使いさんは指さして「がっついて喉つまらせた～」なんて囃《はや》し立てるし。

騎士さんは「おいおい、せっかく交換していただいたのにそれはないだろう」と、苦笑……に見せかけて睨《にら》んでいました。ぼそっと「ランチの交換とかうらやましい」って聞こえた気がします。ええい、あのロリコンめ！

あぁもう、今思い出してもはらわたが煮えくり返ります。復讐《ふくしゅう》してやる、忘れた頃に復讐してやるんだから！

そうこうしているうちに意識が遠のいて……。あとは、何が起こったのかよくわからないのですが、どうやら薬師さんが助けてくれたみたい。

意識を失った私に薬を飲ませて、病院に着くまでつきっきりで看病してくれたのだと、メイドさんと予見士さんから聞かされました。

説明のところどころに少女小説っぽい脚色《きゃくしょく》が入っているので、正確なところはわかりませんが、命の恩人であることは間違いないようです。かなり甲斐甲斐しく面倒を見てもらったのも、確かなようです。

でも、どうしてこんな時くらい同性であるメイドさんや予見士さんがしてくれなかったの？　と思う処置《しょち》も多々あって、モヤモヤしています。

というより、まぁ、恥ずかしいですね。ええ、こうして書いている今も、手のひらまで真っ赤です。あぁもう、私、お嫁にいけないかもしれません。

あ、そろそろ回診《かいしん》の時間。続きは後ほど。

さっき薬師さんがお見舞いと称《しょう》してやってきました。あらためてお礼を言って、お薬のお代を支払おうとしたのですが、それはいい、と断られました。

……お兄様、彼はどうやら私の正体を知っているみたいなの。

どうしてバレたのかしら？　誓《ちか》って、心当たりはありません。シードル村の村長さんは、義理人情に厚い人だから漏《も》らすはずがないし。

唯一あるとすれば……。ええと、送っていただいた応援の品々。あれを運んできた馬車ってカルヴァドスの紋章《もんしょう》の入ったものでしたっけ？　あるいは酒樽。紋章付きだったような？

やはり捨て置けませんね。お兄様、至急《しきゅう》調べてください、「シン」という名の薬師です。名前しかわからないので出身地は特定できません。冒険者登録証《とうろくしょう》番号は「ＭＧ２９３」。

肩くらいの長さの黒髪を、右前でゆるく束ねています。前髪もやや長めで眼鏡をかけているので、瞳の色はよく見えませんが黒っぽい茶色だと思われます。

背丈はたぶんお兄様より少し高いくらい。一見、戦闘ができそうには見えない人です。むしろ一日中図書館に籠って本を読み漁っていそう。カモフラージュのつもりかしら？　そう考えるとますます怪しいですね！

なんとか背後関係を洗ってみてください。そして、私に恩を着せてカルヴァドス家を利用しようと企《たくら》むような人物だとわかったら、構いません。私を切り捨ててください。家を飛び出した変わり者とはいえ、私だってA・カルヴァドス家に生まれた娘。意地も覚悟《かくご》もあるわ。

忙しいお兄様をこんなことで煩《わずら》わせてしまってごめんなさい。

あぁもう、彼だけは、少し協調性に難《なん》有りなだけで他に特筆《とくひつ》すべき点もない、無害《むがい》でまともな人だと思ったのに！

本当に、冒険者ってろくな人間がいないのね！

病み上がりの妹より

五月十五日

海の向こうのお兄様へ

お元気ですか？

現在、私達一行は船に乗っています。

船というと、お兄様はおそらくF・クルーズ家の所有する豪華《ごうか》な船を思い浮かべるんじゃないかしら？　甘いです。さすがにそこまでの贅沢はできません。

予算的に不可能なのではなくて、巡礼の旅としての体裁《ていさい》ですね。

あくまでも「民間人（こういう言葉をしれっと使う人って、自分の事を特別な存在だと思っているのかしら。恥ずかしい）」と触れ合いながら、目的地へ向かわねばならないらしいのです。

水龍船《すいりゅうせん》、というのをご存知ですか？　一昨年ようやく開通した新しい交通網《こうつうもう》で、これがまた面白いの。調教された水龍（水龍って、十歳の子供くらいの知能があるんですって！）が、レールの上に乗っている船を引っ張るんです。ローテクなんだかハイテクなんだか……。

風がなくてもそれなりの速度で進むし、陸地に近いルートを通るので海賊にも遭《あ》いにくく、何よりＦ・エンジン家へ高いマージンを払って動力《どうりょく》を確保する必要がないので、チケットがお安いのが利点。欠点は、水龍が機嫌《きげん》を損《そこ》ねるたびに止まってしまうこと。

最悪なのは他の水龍船とすれ違う時で――水龍って、縄張《なわば》り意識が強いの――睨《にら》みあいが始まります。調教されているだけあって戦いだしたりはしないけれど、大音量で吠えて威嚇《いかく》しあってうるさいのなんの。

きちんと飛龍便もやってくるから、こうしてお手紙は出せますし物資的な不便《ふべん》もありませんが、あまり長期にわたって乗っていたいとは思えません。

船足《ふなあし》が止まると、船員さん達が総出で芸をしたり音楽の演奏をしたり餌《えさ》をやったり。まぁ、賑《にぎ》やかなものです。運良くプロの大道芸人さんや音楽家さんが乗っていれば、彼らが手伝うこともあります。

これで機嫌を直してくれれば、また船が進みだすというわけ。この乗り物、まだまだ改良の余地が十分ありそう。

さて、近況《きんきょう》報告はこのくらいにして。本題に入りましょう。

お兄様、その後薬師さんについて何か情報は得られました？　お仕事の早いお兄様のことですもの、ある程度は把握《はあく》できている頃でしょう？

彼はあれから特に態度を変えるわけでもなく、淡々《たんたん》と予見士さんの護衛の任務にあたっています。警戒《けいかい》すべき時に警戒し、プライベートタイムはきっちり確保《かくほ》する、というスタンスは崩《くず》れていません。

でも、たまに――私の自意識過剰な勘違いだったら嬉《うれ》しいんだけど――こちらを、もの言いたげに見ているような気がするの。

いつ、どんな無理難題《むりなんだい》を吹っかけてこられるのかと思うと気が気じゃなくて。最近は彼が視界に入るだけで動悸《どうき》と息切れを起こすようになりました。

さらにまずいのは、そんな私達の微妙な空気を誤解《ごかい》して、他の皆さんが妙に、その、つまり、……私達をくっつけようとするんです！　余計なお世話っ！

これは大変由々しき事態です。

どんなに断っても食事を一緒にとるよう勧められるし、座るときは常に隣の席、あるいは真正面で向かい合わせ。正直食べた気がしません。そろそろ限界。

今日なんて、食事の時間が近付くたびにおなかが痛くなるの。もう私、駄目かも。

お願いお兄様、短い文章でいいから、私を安心させて。

あなたの大事な妹（ですよねっ？）より、愛をこめて

リル・シードル

五月二十一日

薄情《はくじょう》なジョン・スミス様

お手紙受け取りました。「シンパイムヨウ」とのこと、了解《りょうかい》しました。

でも、不安がっている妹にこの一言だけって、ちょっと酷《ひど》いんじゃない？

六月三日

お兄様へ

さぁ、また新しいネタですよ。（最近は、予想外のことが起こるたびにこの言葉を呟くようにしています。ポジティブに生きようと思って。）

まぁ、聞いてください。きっかけは海賊船です。水龍船のルート上ではまず見かけないはずの海賊船が現れたのです。

もしかすると彼らも予見士さんに対する嫌がらせで雇われたのかもしれないけれど、そんなことはこの際どうでも良いの。今更だし。どうせ真実は明らかにされないだろうし。

連中は威嚇《いかく》射撃で水龍を怒らせ、こちらの船を止めると一気に乗り込んできました。

終わったことなのでこうして客観的に書いていますが、あの時は最悪の事態を覚悟していたんです。(あ、そういえば、A・ミッフィー家の兎姫が海賊にさらわれたという噂を聞いたけど、あれ本当?)

私は予見士さんを連れて真っ先に船倉《せんそう》へ避難《ひなん》しようとしました。それなのに彼女ったら「私だけ逃げるなんてできないっ……! できないよっ!」とかなんとか泣きながら甲板《かんぱん》に向かって走っていってしまって。まずい時にヒロインスイッチが入ったものです。

ええもう、仕方ないから追いかけましたよ。大人として、分別《ふんべつ》のない少女が感情に流されて危機に陥《おちい》るのを見捨てるのもどうかと思って。

なんとか甲板に飛び出す前に捕《つか》まえて、物陰に引きずり込むことに成功しました。

そこで見たのは、悪漢《あっかん》どもをばったばったとなぎ倒す騎士さん、双剣使いさん、薬師さんの姿。特に双剣使いさんの強さと言ったらすごいの!

鬼神《きしん》のごとく、という言葉しか出てきませんでした。

もちろん今までの旅路でも彼らの戦闘はよく目にしていたし、それなりに強いのね、という印象《いんしょう》だったんだけど。あれでも手加減《てかげん》してたみたい。トップクラスという触れ込みは嘘ではなかったのね……。

ところが、護衛さん達の期待を上回る頼もしさに感動して、ちょっと予見士さんから目を離した隙に、あの子ったら何をしでかしたと思います?

よせばいいのに、その辺に転がっていた工具らしきものを海賊に向かって投げたのよ？　バカじゃないの、ばっかじゃないのっ？

当然のことながら私と予見士さんはあっさり捕まって、人質を取られたうちの護衛さん達は窮地《きゅうち》に立たされたわけです。あぁもう、これだから健気《けなげ》系ヒロインって……！

武器を捨てろ、いいや先に人質を解放しろ、の押し問答の末、真っ先に折れたのは騎士さんでした。銃を突き付けられた予見士さんがうるうるっと涙をこぼしたのが効いたみたい。なんてチョロい男。

のみならず、「やめろ、その子を傷つけるな！　代わりに俺を！」なんて安っぽいセリフを吐くものだから、調子に乗った海賊どもに好き放題殴《なぐ》られていました。……なぜかその姿を見てちょっとスッキリしたのは内緒。

冒険者の二人はさすがに連中のやり口をわかっているので、随分粘《ずいぶんねば》っていたような気がします。とは言っても所詮《しょせん》は不毛なやり取りで、とうとう我慢《がまん》できなくなったらしい若い海賊が、双剣使いさんめがけて発砲《はっぽう》しました。

そこからは私も、ショックのせいかぼんやりとしか覚えていないのですが、とりあえず撃たれた彼の身体が金色に光りました。それから右腕の筋肉がぼこぼこっと膨《ふく》れ上がって、瞬《また》く間に金褐色《きんかっしょく》の毛に覆《おお》われました。

いきなり何を、とお思いですか？　本当なんですってば！　夢じゃなくて。双剣使いさんの右手は、確かに変形したんです！

あとの展開は、わかるでしょ？

彼がその腕を一閃《いっせん》しただけで海賊達は吹き飛ばされ、倒れ伏し……。武器を取り戻した二人も参戦して、結局奴らの過半数を捕まえたんじゃないかしら？

異常を察知《さっち》した警備船がやって来た頃には全てが終わって、双剣使いさんの腕も元通りになっていました。どういう仕組みなのかしら。

どうやらね、双剣使いさんの血筋《ちすじ》には「『凶化《きょうか》』遺伝子」を持つ人物がいたらしいの。

あの伝説の……というよりもどちらかというと都市伝説扱いの「『凶化』遺伝子」が！

ただのおとぎ話だと思っていた最強、最狂の遺伝子がまさか実在していたなんて！

先祖返りしてしまった彼は、感情が昂《たか》ぶると、その遺伝子のせいで右手を暴走《ぼうそう》させてしまうんですって。子供の頃、住んでいた村の裏山を壊滅《かいめつ》状態にしたことがあるとか。

なるほど納得です。彼はその贖罪《しょくざい》のために、正義の味方ごっこをしていたんですね。

右手を忌々《いまいま》しそうに「この悪魔」と呼ぶその姿を見ていたら、なんだかこう、とっても。

とってもたまらない気持になりました。噴《ふ》き出したくて。

だってだって、「右手に悪魔が宿《やど》っているトラウマ持ちの冒険者」とかっ！

「変身（右腕だけだけれど）する正義の味方」とかっ！

お兄様の親友のトーリ・Ａ・ラノベ様の大好物じゃないですか。

ええもちろん、本人にとっては大問題でしょうとも。小さな村の裏山といえば、大切な資源調達《ちょうたつ》先だったに決まっているし、きっと私が想像するよりも深～い傷を心に負っているんでしょうとも。わかっています。

でも私、忘れていないので。毒入りサンドウィッチ事件の時の、あのことを。本気で苦しんで、人前で食べ物を吐き出すなんて、レディにはあるまじき振る舞いに及《およ》ぶほど切羽《せっぱ》詰まっていた私を指さして笑ってくれたことを！

というわけで、お兄様に報告することでおあいこにしようと思います。お兄様だけ。トーリ様には内緒、ね？

あ、お昼の時間だわ。では、また。

妹より愛をこめて

六月十四日

お兄様

私は無事です。おそらく会社から連絡が入っていると思いますが、取り急ぎ。

また明日にでも詳細《しょうさい》を書きます。今日はもうクタクタなの。

リル・A・カルヴァドス

六月十五日

お兄様へ

昨日はお騒がせしました。

詳細を書く、と言った手前、知り得る限りのことを書こうと思うのですが、実は私、ほとんどな～んにも分からないの。

港についてすぐのことでした。新しい景色にきゃっきゃとはしゃいで走り出した予見士さんに皆の注意が向いた隙を突いて、誘拐犯は私をさらったんです。

正直、盲点《もうてん》というか、そう来たかという感想しか……。だってほら、狙《ねら》われているのは予見士さんだけ、っていう先入観があったもので。

あれよあれよという間に袋詰めにされて運ばれて、ドレスに着替えるように命令されて、檻《おり》に入れられて、はい出荷！　手際《てぎわ》良かったです。さすがプロ。

私はどうやら、好事家《こうずか》に買い取られたみたい。「名家の娘」、特に「呼称《こしょう》持ち」にご執心《しゅうしん》の、悪趣味なゴシュジンサマでした。（血統《けっとう》コンプレックスでもあるのかしら？）

つまり誘拐犯は、私が「林檎姫」だと知っていて、あえて私をさらって売り飛ばしたってことになるわよね？

ねぇお兄様、本当に薬師さんは危険人物ではないの？　彼以外に私の正体を知っている人物がいたとは思えないんだけど……。謎は深まるばかりです。

謎といえば、そうそう。捕らわれている間、ゴシュジンサマから林檎を食べるようしきりに強制されました。なぜだと思う？　私が「林檎姫」だから？

いい加減、この名の由来《ゆらい》が気になってきました。カルヴァドスの原料が林檎だから林檎姫、というわけではなさそう。「自分の『予見』なんて知らない方が自由に生きられるわ！」な～んて青いことを言わずに、聞くだけ聞いておけば良かった……！　お兄様、内容の写しを今度送ってください。

ところでご存じでした？　林檎の丸齧《かじ》りって、結構体力を消費するものなの。二個目の途中で顎《あご》が疲れてしまってギブアップを申し出たのですが、なんといっても相手は人身売買をするような外道《げどう》です。許してもらえませんでした。休憩《きゅうけい》しながらでもいいからとにかく食べろと言って、更に銀の果物籠《かご》に大盛りの林檎を持ってきたのよ！　乙女の胃袋を何だと思っているのかしら。

食べている間中もじ～っと見つめられて、居心地悪いったら。他に何をされたわけでもないので、結果的にはありがたかったのかもしれないけど。結局救出されるまでの七時間、ずっと林檎攻めに遭っていたのですがに当分林檎は見たくないです。

私以外の皆さんもほぼ時を同じくしてトラップを仕掛けられていたというから、敵も今度こそ本気だったのでしょうね。聞けばそれぞれの弱点を突いた、見事な作戦でした。

双剣使いさんには困った様子のご老人、薬師さんには急病人（病人を放置《ほうち》するとライセンス更新《こうしん》に支障《ししょう》がでるらしいですね）、騎士さんには過去の恋人第二弾、予見士さんには大道芸人。メイドさんは、……なんだったのかしら？　しくしく泣いていたから聞きそびれちゃった。

とにかく、それぞれの気を引いて上手に分断《ぶんだん》されたんですって。

人目を気にしてか、他の目的があったのか、予見士さんがその場で害されなかったのは不幸中の幸いでした。それにしても「もっと珍しいものを見せてあげる」な～んて言われて、ほいほいついて行って誘拐される十五歳……。同じ誘拐被害者で括《くく》ってほしくないものです。

で、まあ恋する男の勘でいち早く予見士さんの危機に気付いた騎士さんが、ねちねちと追いすがる元恋人その二さんを振り切って他の護衛二人と合流。Ｆ・某家の威光《いこう》を笠《かさ》に強権《きょうけん》発動し、街の警備兵を総動員《そうどういん》して、怪しい場所をしらみつぶしに探させたとか。

こわー、ロリコンの本気こわー。

私って、予見士さん捜索《そうさく》中にたまたま見つけてもらっただけだったんですよね……。いや、いいんですけど。ついでででも助けてもらえてうれしかったです、はい。贅沢言いません。ただ、私より先に予見士さんが発見されていた場合、はたして助けてもらえただろうか、と。

まぁ、私みたいに売られた、または出荷《しゅっか》待ちだった女性や子供がわんさか解放されたので、ある意味予見士様ぐっじょぶですよね。立派な社会貢献《こうけん》です。本人はなにもしてないけど。

騒ぎが大きくなってしまったのと、逮捕《たいほ》された私のゴシュジンサマが言わんでも良いことをベラベラ吐いてくれたお蔭でみんなに私の正体がバレて、むしろそっちの方が私にとっては問題というか。あーぁ、会社にもバレちゃったー。あ〜ぁ、あ〜あぁ。

この先、あの会社で働き続けることができるのかしら？　はぁ、気が重いです。

リル・A・カルヴァドス

六月十八日

お兄様へ
一連の事件の黒幕《くろまく》が判明しました。内部犯です。スパイがいたんです。前回のお手紙を書いている時に、何かおかしいと引っかかるべきでした。そう、メイドさんです。

あの時、メイドさんがどこで何をしていたのか。遡《さかのぼ》って海賊船襲来《しゅうらい》の時どこにいたのか。あの小火《ぼや》の時だって、ちゃんと問い詰めておけば良かった。そういえば、毒入りサンドウイッチ運んでたのもあの子でした！

私としたことが迂闊《うかつ》でした。だってだって、いつもびくびくおどおどして、影の薄かった彼女がまさか敵のスパイだったなんて、物語の設定にありがちすぎて逆に、ねぇ？

あ、スパイと言ってもよその予見士協会の手の者というわけではなくて、ええと、なんていったかしら。「トランスジェニック被害者《ひがいしゃ》の会」とかいう団体。

予見士をはじめとして、遺伝子操作によって創られた新人類……の中で、「不遇を託《かこ》っている人々」を主核《しゅかく》とする集団だそうです。

彼らの掲《かか》げる理念《りねん》自体は、「差別のない平等な社会を作る」という、とっても真っ当なものなのに、選んだ手段が「とりあえず優遇《ゆうぐう》されてる連中ムカつくし、片っ端からぶっつぶそうぜ！」というあまり賢《かしこ》くない方法なので、過激派に分類されています。

なんで自分達の地位を向上《こうじょう》させるんじゃなくて、他を引きずりおろすことで平均化を図《はか》ろうとするんでしょうね？　方向さえ間違わなければ賛同者も増えるでしょうに。残念です。

メイドさんは、優勝候補を抹殺《まっさつ》する使命を帯《お》びていたみたい。十代の女の子になんてことさせるんでしょう。

彼女も、根は悪い子ではないんだと思います。だからきっと、非情になりきれずに失敗した……のかな？　あれ、暗殺対象がいないのに火を付けたり食の好みさえ把握《はあく》せずに毒を盛ったとなると、ただのドジっ子である可能性のほうが高い？

まぁ、今やその答えは失われてしまいましたが。

と、こういう書き方をするとまるで覚悟《かくご》の自決《じけつ》を遂《と》げたみたいですね。いーえ違います。逃げちゃいました。というか、カケオチ？

海賊や誘拐犯の証言から犯人をつきとめてひっ捕らえに来た警備兵達を、なぜか双剣使いさんが例の「悪魔の右手」で薙《な》ぎ払って、叫んだんです。

「お前の気持ちはわかる！　だけどな、自分の血を呪ってるだけじゃ前に進めないんだ！

俺と行こう！　今度は正義で、世界を変えるんだ！」

そういえば彼も、遺伝子操作の被害者と言えますよね。

全然気づきませんでしたが、あの二人、旅の後半からだいぶ親密《しんみつ》になっていたようです。

予見士さんから「なんで気がつかなかったの？」って笑われちゃいました。なんだかとっても屈辱です！

メイドさんが目を潤《うる》ませて頷《うなず》き、その手を取るシーンなんて見ものでした。三文芝居《しばい》っぽくて。「改造された遺伝子のせいで辛い運命《さだめ》を背負う二人。けれども彼らが選んだ道は正反対のものだった。光の道を行こうと叫ぶ青年に、闇に沈んだ少女が今、心を開く！」みたいな。

これからどうするんでしょ、あの人達。

そんなこんなでグダグダになりましたが、本日をもちまして予見士さんの巡礼の旅は完了しました。あぁ長かった。

お祭りを見てから帰ろうかと思っていたけれど、正体もバレちゃったことだし、やめておきます。綿あめだけ買って帰ります。そっちに戻って落ち着いたら、一度屋敷に顔を出しますね。

お父様お母様、おじい様にもよろしくお伝えください。

リル・シードル

七月一日

お兄様へ

昨夜遅く、無事にアパートへ戻ってきました。やっぱりおうちが一番、と言いたいところですが、予想外のお仕事で急いで出発した上に三ヶ月も留守《るす》にしていたので、ところどころ不都合が。ちょっと泣きそう。

これからしばらくの間、ガイドのお仕事をお休みして旅行記に専念《せんねん》するつもりなの。（会社のほうも、私の扱いをどうするか決めかねている雰囲気だったので。）ちょうど月末に新人賞の募集があるので、今回の旅を美化して立派な予見士様の巡礼記に仕立て上げて応募してやろうと思います。（そうそう、新聞で読みましたが、下馬評《げばひょう》通りサジッタの予見士さんが優勝していました。まさかのデキレース？）実態《じったい》はどうであれ、予見士巡礼ネタは受けがいいの。ましてや優勝者の旅の記録ですからね。「旅行作家リル・シードル」を雑誌社に売り込むチャンスなんです。美化しておけば苦情もこないだろうし……。

とりあえず、「予見士様が巡礼先の各地で人々を救う人情もの」でいこうかしら。お話の軸《じく》は、そう。人を信じられなくなった騎士と、無垢《むく》故に人の心の闇を知らない予見士の少女。二人の心の交流と成長。ほんの少しのロマンスを添えて。

ちょくちょく騒ぎに巻き込まれていたので、捏造《ねつぞう》しなくても挿入《そうにゅう》エピソードには困りません。

貧困《ひんこん》ゆえに野盗に身を堕《お》とした村人を諭《さと》して正道《せいどう》に導《みちび》いたとか、恋人に捨てられて心を病んだ女性の悩みを聞くことで癒《いや》したとか、森の植物の毒に中《あた》ってしまった村娘の看病をしたとか、誘拐されたとある名家の娘を探すのに尽力《じんりょく》したとか。

多少改変《かいへん》しても、もっともらしく書けばそれがいつの間にか真実になってしまうんです。怖い世の中ですねー。（棒読み）

……あら、女性率が高いわ。毒に中ったのは村の少年ということにしておこうっと。

それで、海賊を退治して、人身売買の組織を退治して、ついでに二人はちょっといい感じの仲になってハッピーエンド、と。

あまり奇をてらわず、貴種流離譚《きしゅりゅうりたん》のパターンをなるべく忠実《ちゅうじつ》になぞろうと思います。

完成したら持って行くので、採点お願いします。

偉大なる旅行作家の卵、リル・シードル

七月十九日

お兄様
大変！

どうしましょう。今朝方、正装《せいそう》した薬師さんが花束を持って訪《たず》ねてきました。
もちろん追い返したんですけど、責任がどうとか……。ああ、やっぱり恐れていたことが起きちゃった！
応募締切りまで日がないし、今はまずいの。助けて！

目前に迫った締切りに焦るリル・シードルより

七月二十四日

お兄様
昨夜、原稿を仕上げました。ご提案《ていあん》の通り、しばらく屋敷に帰ろうと思います。屋敷にいる方がまだ安全ですよね。

リル・A・カルヴァドス

八月三日

お父様へ
先日は、ろくにご挨拶《あいさつ》もせずにとんぼ返りしてしまってごめんなさい。でも聞いてください、お兄様ったら酷《ひど》いの！
勝手に私のお見合いを仕組《しく》んでたんです。次期当主《とうしゅ》とはいえ、こんな横暴《おうぼう》が許されて良いものでしょうか？　私の「予見」まで利用して強引にくっつけようとしているみたいなの。

相手はあの、トーリ・A・ラノベ様の弟です。シン様といって、普段は冒険者に身をやつして風来坊《ふうらいぼう》を気取っている変な人。あ、いえ、私は違います。ちゃんと地に足をおろしたお仕事してるんですから一緒にしないでください。

私がトーリ様苦手なのを知っていて、どうしてそんな縁組《えんぐみ》をしようと考えたのかしら。嫌がらせです、絶対そうに決まっています。

お父様、一度びしっと叱っちゃってください。妹はお前のおもちゃでもペットでもないんだぞって言ってやって。

お兄様からの謝罪《しゃざい》がない限り、二度と帰らないんだから。本気ですからね。

リル

八月七日

お兄様へ
丁寧な謝罪のお手紙、受け取りました。お兄様がシン様に旅の同行《どうこう》を頼んだのも、私を心配してのことだった、と理解しました。まさか、「予見」がそんな風に売り買いされているだなんて。「兎姫」の誘拐も他人ごとじゃなかったのね……。
自分にそんな付加《ふか》価値があったなんて知らずに、のんきに生きてこられたのはお兄様のお蔭です。先日はろくに話も聞かずに怒鳴ったりして悪かったわ。私のほうこそごめんなさい。

「予見」を逆手《さかて》にとって女性を手に入れようとするなんて、なんて卑劣《ひれつ》なやり口なのかしら。私を買った「ゴシュジンサマ」も、つまりそういう連中の一人だったわけね？　あぁもう、(頭が) 可哀想な人、なんて同情せずに、踏んずけて潰《つぶ》してやれば良かった！

それにしても、「この娘は林檎の毒で命を落とし、最初の口づけで息を吹き返す。そしてその相手と恋におちるだろう」って、なんだかアレじゃない？「林檎姫」っていうより「白雪姫」じゃない……？　なんであえて「林檎姫」にしたのかしら？　わかりやすすぎるから？

と、それはいいんです。さしあたって何とかしなくてはいけないのはシン様なんですよね。どうしてあんなに頑固なんでしょう。

そもそもあの時のアレは、林檎というよりはポテトサラダで、口づけというよりは蘇生《そせい》術だったんですけど！　ロマンの欠片《かけら》も見当たらないので、ぜひともノーカウントでお願いしたいんです。それなのにシン様ってば思いつめ過ぎだと思うの。

今朝なんて「不本意な『予見』の成就《じょうじゅ》という事態にならぬよう守ってやってほしいと頼まれたのに、よりによって自分が『予見』を的中《てきちゅう》させてしまった。こうなったからには責任を取って結婚して、そのうえで君を生涯守ろうと思う」みたいな内容のお手紙を手渡されました。

せめて口で言えと。

キュンとするよりも、モヤっとします。なんでしょう、義務で結婚してくださるつもりなのかしら？

あ、そういえば、私がまだ小さかった頃、あの方とも何度か遊んだことがあるって本当？全然思い出せないの。

なんでも、四人でかくれんぼして、一緒に森の中に入り込んで一晩迷子になっていたとかなんとか……。随分強烈な事件ですよね。どうして覚えていないのかしら？

私の記憶力が悪すぎるとかシン様の印象が薄すぎるとかいう問題ではなくて、お兄様とトーリ様が必要以上にキラキラしているせいね、きっと。

シン様は悪い方ではないんだと思います。でも私、まだまだ「お兄様が世界で一番」なの。お兄様を超えるような殿方相手でないと、恋におちられそうにないんです。

というわけでお兄様。何とかうま〜くシン様を説得してくれません？　得意でしょ？

幸い会社を首にならずにすんだので（あの社長が、そんなに簡単に手のひらを反すような真似、するはずありませんでした）、これからまたしばらくガイドのお仕事で家を空けることになります。

帰って来る頃にはこの件が片付いていると信じていますから！

では、ごきげんよう。

林檎姫より愛をこめて

シナリオ通りの殺し方

ころみごや

プロフィール

＊　第７回 HJ 文庫大賞《大賞》受賞。

プロローグ

拳銃を手に入れることは難しい。
でも、そんなものは必要ない。
包丁を一つ、手に握るだけ。
それ一つで、人を殺すことができる。
嫌いな奴は、殺せばいい。
躊躇う時間が、勿体ない。
だからほら、一刺ししてみよう。
ほんの少し、手を動かすだけ。
明確な殺意に僅かな実行力を加えるだけで、人は呆気なく死ぬ。
その結果に得るであろう、そいつが存在しない日常は、素晴らしいものに違いない。
勿論、実行に移すか否か、それはよく考えなければならないだろう。
人として生きる上で、一般常識というものが、それらの行為を否定に掛かる。
人を殺めることが、異常な行為であると。

罪と罰を受けるのは、こちら側であると。
だが、決めつけは最も愚かな行為だ。
誰もが同じく手にした感情の矛先は、標的を探し出すことに躍起だ。
と同時に、標的は常にいる。

例えば、
小説が、その一つ。
創造上の世界では、自身が思い描く物語を自由に想像し、創造することが可能だ。
だから、だろう。
その世界へと逃げ出すことで、どっぷりと浸かり切ることで、現実逃避することで、

同じく、標的の一つ、
弱者に位置付けられた存在は、現状を把握することができなくなっていた。

五月上旬

小説を書くのが、僕の日課だった。

授業中、先生に見つからないように、クラスメイトに覗かれないように、細心の注意を払いながら、ノートに物語を綴っていく。

退屈な時間を過ごすには、打って付けの方法と言えるだろう。

だけど、そんな時間も長くは続かない。

足音が近づき、視界の端に彼女の姿が映った。

「進んだかしら」

ここ最近、放課後になると、彼女は決まって同じ台詞を口にする。

それが、僕に対する彼女の挨拶のようなものだった。

「野々鹿《ののしか》さん」

彼女の名を、呼んだ。

すると、野々鹿さんは、不満げな表情で小首を傾げる。

「きみ、言ったよね」

隣の席に腰掛けて、僕の太ももに片足を乗せた。

健康的な足が、視界の端に映り込むが、下心を見せてはいけない。でも、ふくらはぎの柔らかな感触と、野々鹿さんの体温が、ズボン越しに伝わってくる。

勿論、それだけに終わらない。

体操着姿の野々鹿さんは、仄かに汗の匂いがした。

鼻をくすぐる汗の匂いは、思考を鈍らせるだけの魅力を持ち合わせている。

「わたしのことは、名前で呼んでって」

頬を膨らませて、可愛らしく怒ってみせた。

その顔と姿を見るだけで、大抵の男は恋に落ちるだろう。

たとえそれが故意だとしても。

「ごめん、瑞帆《みずほ》さん」

さん付けに対して、ご立腹の様子だが、訂正しろとは言われなかった。

「それで、どうなの」

瑞帆さんは肩を竦めると、もう片方の足を乗せてきた。

どうなの、とは、小説のことだろう。

今朝、瑞帆さんは僕の書いた小説に目を通していた。

それから、どの程度進行したのか気になっているのだ。

「んー、あんまり進まなかったかな」

そう言って、僕はノートを渡す。

パラパラと、瑞帆さんはノートを捲っていく。そして、小さく息を吐いた。

「おかしいなあ。どうしてこれだけしか進んでないのかしら」

声の質が変わる。

言葉の端々から感じ取れるのは、瑞帆さんが明らかに怒っているということだ。

「えっと、良い案が浮かんでこなくて」

「言い訳はいらないわ」

両足を戻して、だるそうに立ち上がる。

そして、ノートを床に落とした。

「赤崎《あかさき》くんが死んで、その後どうなるのかな？　って、わたしは凄く楽しみにしてたのに」

はあ、とつまらなそうに呟く。

「今朝、七時に教室で待ち合わせしたよね？　それから、朝のホームルームが始まるまでの一時間半、一時間目、休み時間、二時間目、中休み、三時間目、休み時間、四時間目、お昼休み、五時間目、休み時間、六時間目、二度目のホームルーム、そして今、放課後までの間に、どれぐらいの時間があったかなあ」

長々と分かり切ったことを、あえて口にする。

それが、瑞帆さんのやり方だ。

「ねえ、聞いてる？」

僕は、床に落ちたノートを拾う。

その態度が気に食わなかったのだろう。

前かがみになった瑞帆さんの顔が、目の前に近づいた。

「あ、いや、……聞いてるよ」

慌てて、返事をする。

「そう？　それならいいの」

すると、瑞帆さんは嬉しそうに笑う。

前かがみの瑞帆さんは、襟元から中が見えていた。

「あのね、きみが大変だってことは分かるの。わたしは小説なんて書いたことないし、どんなに頑張ったって書き切ることはできないと思う。でもね……」

右の人差し指を口元に当てて、頬を緩ませる。

「きみには、それができるでしょう？　そして、それをわたしに読ませることができる」

確かに、僕には可能だ。

高校生になってから、僕は小説を書き始めた。

書き上げるだけでは飽き足らず、小説の賞に投稿して、腕を試すことも少なくない。

瑞帆さんは、その全てを知っている。

誰にも言わずに秘密にしていたことを、瑞帆さんだけが知っているのだ。

「だからお願い、わたしの為に、わたしだけの為に、早く続きを書いて」

甘い声で、お願い、と言われる。

ここまで言わせておいて、頑張らないのは失礼だ。

「分かった」

「ふふ、期待してるから」

僕の言葉に、瑞帆さんは耳元で囁く。

そして、教室を後にした。

「……ふう、緊張した」

ぷつり、と緊張の糸が切れる音がした。

今更ながらに、胸の高鳴りが聞こえてくる。

「現金な奴だな、僕も」

他に誰もいない教室で、天を仰ぐ。

どうして、こうなったのだろうか。

そう考えて、僕は手に持ったノートの存在を思い出す。

これが、全ての元凶だ。

自分で犯した罪に、僕は苦々しく笑みを零した。

四月中旬

片手の指で足りる程度には、話し相手がいた。友達と呼べるものか否か、今となってはどうでもいい。それはまだ、一年生の頃の話だ。

二年生の時、既に話し相手はいなくなっていた。彼等は、向こう側の人間になることを選択したわけだ。余所余所しくなっていく彼等を前に、僕は何もすることができなかった。

三年生になった僕は、二年生の時と同じく、誰と言葉を交わすこともなく、一人でいた。

クラスメイト達の振る舞いといえば、教室で騒いだりお喋りに花を咲かせたり授業中に化粧をしたりお菓子を食べたりゲームをしたり、秩序とは無縁の生活を送っていた。

勿論、彼等の行動は、それだけに止《とど》まらない。

休み時間、寝た振りの僕に物を投げつけて、罵声を浴びせて、ワザとぶつかって、理由のない攻撃が、当たり前のように繰り返されていた。

彼等にとって、それは当たり前の日常であり、僕が抵抗する姿は受け付けてくれないのだ。

でも、人間は不思議だ。理不尽な行為に慣れることも不可能ではない。

誰かが笑う。その相手は僕だ。

僕を見て笑う。それは嘲笑だ。

誰一人、それを止める者はいない。

先生だって同じだ。

誰も助けてはくれない。誰が好き好んで問題事に首を突っ込もうとするのか。

大人しく、なるべく大事にならないように、卒業するまで耐え続けよう。

無難な選択ではなく、それこそが最善の策だ。

そう思っていた。

だから、僕は驚いた。

「――それ、何書いてるの」

瑞帆さんが僕に話し掛けてきたのは、これが初めてだった。

「もしかして、小説？」

午後の授業中、僕は小説を書いていた。

教壇に立ち、チョークを手に板書を続ける先生は、僕への興味を示さない。僕の立場を理解し、あえて関わることを拒絶しているのだから当然だ。

そんな中、僕は一人黙々と小説を書き綴り、悦に浸る。この瞬間だけは、誰にも邪魔されることはない。それだけが、苦痛だらけの高校生活における、唯一の娯楽と言えるだろう。

それなのに、隣の席の彼女は、僕に話し掛けてきた。

「えっ」

声を掛けられたのは、僕だ。

その事実を受け入れるのに、数秒の時を要した。

「ねえ、読ませてくれない」

小声で、他の誰にも見つからないように、手を差し出す。

思わず、僕はその手を握った。

「きみ、握手じゃなくて、ノートを貸してほしいんだけどなあ」

「あっ、ごめん」

慌てて、僕はノートを手渡す。

瑞帆さんは、初めのページを開いて、ゆっくりと読み始めた。

だが、僕は思い出す。

「や、やっぱり返して」

「……あら、どうしてかしら？　こんなに面白いのに」

ノートに書かれた名前を指差したまま、瑞帆さんは柔らかな笑みを浮かべる。

そこには、赤崎と書いてあった。

「赤崎くんが死ぬだなんて、わたし知らなかったわ」

その言葉に、冷や汗を掻く。

「わたし達の中に殺人鬼が潜んでいるのも、初耳ね」

「これは、……あの、僕の思い描いた妄想、だから……」

僕が書く物語は、生と死が題材だ。

クラスメイトの中に殺人鬼が潜んでいて、そいつがクラスメイトを一人、また一人と殺していくのだが、一人目の犠牲者が、赤﨑という名前の男子生徒だった。

赤﨑は実在の人物であり、僕を苛めるグループのリーダー格だ。

そして、だからこそ、僕は赤﨑を殺した。

たとえ小説の中の出来事だとしても、赤﨑の息の根を止めることで、日頃の鬱憤を晴らすことが可能だ。この学校を舞台として、僕は小説と言う名の世界で殺人鬼を創造し、奴らを一人残らず殺していく。

何もかもが、思い描いたシナリオ通りに事が運ぶわけだ。

「放課後、詳しく聞かせてね」

瑞帆さんは、ノートを返す。

幸いなことに、僕等は一番後ろの席だ。やり取りは、誰にも知られることがなかった。

黒板へと視線を戻して、真面目に授業を受ける瑞帆さんは、至って普通の高校生に見えた。

そんな瑞帆さんに対して、言い知れない不安と僅かな期待を胸に、僕は頭を悩ませた。

「これが、きみの復讐なのね」

僕にとって、これは密かな復讐だ。

これが僕の犯した罪であり、けれどもそのおかげで憂さを晴らし、ストレスを発散することができていた。当然のことながら、この行為は誰にも否定されたくはない。迷惑など掛けていないのだから、別に構わないだろう。

「ふうん、なかなか面白い考えだと思う」

だからだろうか、瑞帆さんが僕の復讐を肯定してくれた時、嬉しさが込み上げてきた。

「ほ、本当に？」

「ええ、本当に。……でも、恋愛要素が足りないと思うの」

瑞帆さんは、言った。

恋愛要素が足りない。それが、この小説に欠けたもの。

「だけど、これは恋愛をするような内容の話では――」

「わたしとの恋愛は、嫌かしら？」

口を挟み、僕に近づく。

瑞帆さんの息遣いが、僕に緊張を齎《もたら》した。

「……唾、呑み込んだ？」

すぐ傍に、瑞帆さんがいる。

それが、僕に特大級の緊張と胸の高鳴りを生み出して、カラカラの喉を潤す為に唾を出す。

「それ、どういう意味で言ったの」

問い掛ける。

言葉の真意を知る為に。

「そのままの意味だけど、分からない？」

瑞帆さんは、両手で僕の顔を挟んで、鼻の先にキスをした。

柔らかな唇の感触が、鼻に伝わる。それが刺激となって、脳を活性化させていく。

「なっ、なにを」

「ちゅー、したの」

舌を出して、瑞帆さんは笑った。

その笑顔がまた可愛らしくて、頭を馬鹿にする。

「ねえ、わたしをヒロインにして頂戴？」

瑞帆さんは、一つの要求を突き付けた。

それは、自身をヒロインキャラに据えること。

「野々鹿さんを、ヒロインに？」

「その呼び方、止めて。わたしのことは名前で呼んでいいから」

苗字が気に入らないのか、瑞帆さんは表情を曇らせる。

機嫌を損ねてしまったことに、僕は内心慌てふためいた。

「ちゅーは、前払いってことにしておいて」

話の内容を戻し、瑞帆さんは前払いと言う。

小説の中で瑞帆さんをヒロインに据えることへの、対価のつもりなのだろう。

「書き終わったら、続きをしましょう」

「え、続きって」

「それはまだ秘密よ」

瑞帆さんは、不思議な人だった。

孤立した存在の僕に興味を抱いただけでなく、更に懐へと入り込んでくる。

巧みな話術に加えて、自身の魅力を存分に引き出す行為は、誰彼構わず虜《とりこ》にすることは言うまでもない。現に、この学校における瑞帆さんの人気は群を抜いていた。

瑞帆さんの名前を聞けば、男子生徒は学年問わず顔を思い浮かべることができるはずだ。

ただ、もう一人。

瑞帆さんと肩を並べる美貌の持ち主がいた。

その子は、瑞帆さんとは対照的で、性格や行動が正反対なので、それほど知られてはいない。はっきり言うと、僕は、その子の方が好みのタイプで、ヒロイン候補に挙げていた。

だが、こうなってしまっては仕方あるまい。

言われるがまま、ヒロイン役に瑞帆さんを据えることにした。

「ところで、赤崎くんなんだけど」

瑞帆さんが、その名を呟く。

僕が嫌いな奴の名前だ。

「あら、顔が強張ってる。やっぱり嫌いなのね」

全てをお見通しと言わんばかりに、くすくすと笑みを零す。

その仕草の一つ一つが、怒りを消してくれた。

「十七歳か十八歳で死ぬだなんて、とても短い人生だったわね」

そう言って、瑞帆さんは教室を後にした。

四月下旬

赤崎が死んだ。

小説の中の出来事ではない。

現実で、だ。

それも、普通の死に方とは言い難い。

首や手首が切断され、バラバラに解体されていた。

犯行現場は、図工室。

凶器となったのは、ノコギリ。
図工室に赤崎を呼び出して犯行に及んだのは、想像するに容易い。
トイレの流し台には、赤黒い水が溜められていた。
否、詰まっていた。
ノコギリには、肉と血がこびり付いていたに違いない。
それを洗い落とす為に、流し台を利用したのだ。
しかし、肉が詰まり、水が溢れてしまったのだろう。
「な、なんで」
現場を見た生徒は、数え切れない。
僕と瑞帆さんも、例外ではなかった。
「酷いわ」
悲鳴を上げる者、泣き出す者、その場に尻餅をつく者、様々だ。
そんな中、隣に立つ瑞帆さんが、呟いた。
横顔を見て、僕は思わず目を逸らす。
「誰が、こんなことをしたのかしら」
口元が笑っていた。
赤崎が死に、瑞帆さんは喜んでいたのだ。

「血の臭い、忘れられなくなりそう」

その日、午前の授業が終わる前に、赤﨑の訃報《ふほう》を受けた。

結果として、午後の授業は中止となり、生徒達は帰宅することになった。

五月上旬

「次は誰が死ぬのかしら」

教室で二人きり。

赤﨑が死に、十日が経った。

校内には心理カウンセラーが常駐《じょうちゅう》し、生徒達の心のケアを任されていた。

しかし、学校に来てまで利用する者の大半は、授業をサボることが目的だ。

本来の役目からは、掛け離れた扱いに、彼等も頭を抱えているはずだ。

けれども、僕は彼等の様子を窺うほど暇ではない。

「なに？　小説のことだけど」

「あ、……だよ、ね」

瑞帆さんの台詞に、僕は言葉を失っていた。

手には、沢山の汗を掻いている。

「ふふっ、何を考えていたのかしらね」

瑞帆さんは、口の端《は》を上げた。

顔を引きつらせながらも、笑みを作り上げて、平静を装う。

僕は、瑞帆さんが赤崎を殺したのだと錯覚していた。

馬鹿か。

でも、そんなことをして、瑞帆さんに何の得があるというのか。

「ところで」

自問自答していると、瑞帆さんが話し掛けてきた。

「死んじゃったわね、赤崎くん」

「ッ、……あ、ああ」

悲しげな素振りを見せることなく、赤崎の死について語り出す。

「きみが書いた小説の中で、赤崎くんは全身バラバラになって発見されたのよね」

僕の手から、ノートを奪い取る。

「ほら、ここ」

一枚ずつ捲って、そのページを見つけ出した。

「図工室で、全身バラバラになって死ぬの。赤崎くんが」

「分かった、もう分かったから」

これ以上、言わないでほしい。

気が狂いそうだ。

「あら、どうしてそんな顔をするのかしら、きみの大嫌いな人が無残な死に方をしたのに。

小説の中だけじゃなくて、現実で」

嬉しくないの、と付け加えた。

その言葉に、息が苦しくなる。

「怯えなくてもいいの」

すると、瑞帆さんが手を握る。

そして、手の甲にキスをした。

「落ち着いて」

悪戯っぽく、笑い掛けてくる。

「別にね、きみを困らせたいわけじゃないの」

二度に亘《わた》って、瑞帆さんはキスの前払いをしてくれた。

手を握り、僕の不安を打ち消すかのような行為に、思考回路は麻痺寸前だ。

「早く、続きが読みたいだけ」

迷いは、捨てろ。

キスの続きがしたいから、ではない。

瑞帆さんの喜ぶ顔が見たい。それが本音だ。

「次は誰が死ぬのかしら」

もう一度、瑞帆さんが呟く。

問い掛けるように、僕の耳元で、そっと。

「次は、悦夫《えつお》だよ」

一人目の犠牲者は、赤﨑だ。

ノコギリで、首や手足を解体されて、死に至った。

そして今、僕は二人目の名を口にした。

「明日には、悦夫が死ぬシーンを書けると思う」

その名を聞いて、瑞帆さんは「……そう」と頷く。

悦夫は、僕等の担任だ。

上辺だけで生徒を判断し、上から目線で物を言う。

生徒の話なんて、一切聞く耳を持たない。損得勘定で動くか否か決める人間だ。

「わたしね、悦夫先生には、あまり良い印象を持ってなかったの」

瑞帆さんが、息を吐く。

僕が憎しみをぶつける相手に、不満はないようだ。

「だからね、」

この憎しみの全てを、文章に乗せて書こう。

そうすることで、瑞帆さんの期待に応えるのだ。

「よかったわ、悦夫先生が選ばれて」

瑞帆さんは、いつも通りの笑みを浮かべていた。

五月中旬

悦夫が死んだ。

赤崎の時と同じく、現実での話だ。

「不思議なものね」

小首を傾げ、瑞帆さんはノートのページを捲る。

「きみの書いた小説の通りに、人が死んでるわ」

胸を刺す。

明らかな口撃《こうげき》だ。

「それも、このページに書かれた死に方で」

死因は、刺殺。

赤崎と悦夫を殺した人物は、僕が書いた小説を、殺し方を、忠実に再現していた。

第一発見者は、朝練に来た女子生徒だ。

体育館の女子更衣室で、一糸まとわない姿で見つかった。

凶器となったのは、カッターナイフ。コンビニや文房具店で簡単に手に入る代物だ。

女子生徒の話によると、悦夫の顔や体、手足、至る所に刺し傷があったらしい。

犯人は、血の付いたカッターナイフを、悦夫の手に握らせていた。

証拠隠滅をせずに、警察を挑発するかのような行為だ。

「ねえ、嬉しい？」

人が死んだ。

他人ではなく、見知った人物が。

「嫌いな人が、二人も死んで」

それなのに、瑞帆さんは嬉しそうに笑っていた。

その実、裏で何を思い描いているのか、僕には全く理解することができない。

「あっ、そういえばね、きみに聞きたいことがあったの」

「……聞きたい、こと？」

何を知りたいのか。

もしかして、次の犠牲者か。

「犯人は、だれ？」

だが、その予想は外れた。

瑞帆さんは、僕が書いた小説の犯人が誰なのか、知りたかったのだ。

「それは、その……」

言うべきか、悩んだ。

何故ならば、犯人は僕だからだ。

日頃の怨みを晴らす為に、嫌いな奴を次々に殺していく。

動機としては、十分と言えるだろう。

「実は、僕が犯に――」

「――安易的ね、それだとつまらないわ」

言葉を遮り、否定する。

犯人が僕では、納得できないらしい。

「きみが犯人だとしても、誰も驚いてくれないわ。伏線も意味を成さなくなるでしょう」

確かに、その通りだ。

しかしながら、他《ほか》の人物を犯人に仕立て上げるには、それ相応の動機が必要だ。

易々と作れるものではない。

「そこで、一つ提案があるの」

すると、瑞帆さんが一つ、提案を持ち掛けた。

「わたしね、篠谷《しのや》さんを犯人にしてみたら面白いと思うのよね」

瑞帆さんは、ニッコリと笑う。

「篠谷を？」

「そう、彼女を犯人にしちゃうの」

優しげに見えて、けれども冷たさが見え隠れする。

それは、悪意ある囁きとしか思えない。

「だけど、篠谷には動機が……」

持ち掛けられた提案に、難色を示す。

瑞帆さんと双璧を成す美貌の持ち主で、先の例に挙げた女子生徒こそ、篠谷だ。

そして僕は、篠谷に好意を寄せていた。

「ふふっ、それは違うわ」

すると、瑞帆さんは首を横に振る。

「女の子が、殺人を犯す動機でしょう？　そんなもの、嫉妬に決まってるじゃない」

動機は、嫉妬。

瑞帆さんは、そう決めた。

「篠谷さんって、ほら、暗くて喋らなくてミステリアスな雰囲気があるでしょう？　だからこそ、犯人に相応しいと思うのよね」

「嫉妬って、誰に」

動機としては、悪くはない。

でも、嫉妬の相手が必要だ。

「きみに決まってるじゃないの」

僕が抱いた疑問に、瑞帆さんは肩を竦める。

「これはね、とっても簡単で、そして凄く単純なことなの。人と人との恋愛感情に嫉妬は付き物で、たとえそれが篠谷さんでも例外じゃないわ」

篠谷の犯行動機として、僕への嫉妬を勧めてきた。それは、篠谷が僕に想いを寄せており、僕を苛める奴らを一人残らず殺していく、というものだ。

「だ、だけど篠谷が僕を好きだなんて、現実味がないよ」

「きみが書いているのは、現実に起こったこと？　それとも、想像を創造した物？」

瑞帆さんが、微笑む。

「……これは小説であって、現実ではない」

その言葉の真意に、すぐに気付いた。

「そう、その通り。だから何が起きても不思議ではないわ」

この案は、小説の中だからこそ可能となる。

本来ならば有り得ないこと、つまりは篠谷が僕に好意を寄せることも、実現できるのだ。

「篠谷を、犯人にすればいいんだね？」

本来、ヒロインとして据えるはずの存在が、真逆の立場へと変わってしまった。しかしこれも、僕が瑞帆さんと二人きりで言葉を交わすことのように、必然なのかもしれない。

訊ねると、瑞帆さんは満足気に頷く。

けれども、これで終わりではなかった。

「篠谷さんはね、犯行現場をきみに目撃されて、屋上から飛び降りちゃうの」

自殺、それが篠谷の最期。

瑞帆さんは、殺人犯となった篠谷を、死に追いやるつもりのようだ。

「だって、きみにはわたしがいるでしょう？　だからね、赤崎くんや悦夫先生を殺したとしても、きみを手に入れることはできないの。骨折り損のくたびれもうけで、人を殺す残念な子として一生を終えることになるわ」

嫉妬が、絶望へと変化する。

その結果、篠谷は自殺を選択した。

しかし、ここで一つ、引っ掛かりが生まれてしまう。

「それだと、篠谷が瑞帆さんを殺せば……」

「きみ」

一言。

それだけで、僕は口を閉じた。

「わたしを殺すつもりかしら」

「そ、そんなわけない！」

慌てて、否定する。

瑞帆さんを殺すだなんて、たとえ小説の中の出来事だとしても、あってはならないことだ。

「それでこそ、わたしの恋人に相応しいわ」

嫉妬は、次第に絶望へと変化する。その結果、篠谷は屋上から飛び降りた。

これこそが、僕が創造する物語の終わり方だ。

「完結するのが楽しみね」

と同時に、瑞帆さんが思い描いたシナリオ通りだ。

「きみとわたしの恋愛も、現実になるのかしら、なんてね？」

そう言われて、僕は頷く。

少し先の未来を思い浮かべて、口元が緩むのを感じた。

瑞帆さんが望むのであれば、その願いを叶えるべきだ。

だからだろうか、
赤崎、悦夫に続いて、更なる事件が起きたとしても、僕は喜んで受け入れようと思った。

六月中旬

僅か二月《ふたつき》の間に、校内で五名にも上る死者が出た。

六月も上旬に入り、立て続けに三件もの事件が起きたのだ。沈静化するどころか、悪化の一途を辿り続け、この頃には、登校する生徒の数も激減していた。

次の標的は、誰なのか。

もしかすると、自分自身が狙われているのかもしれない。

言いようのない恐怖を抱いたまま、無防備に学校へと顔を出す間抜けは、決して多くはない。現に、クラスメイトの半数が、登校拒否となっていた。事件の解決が長引くことになれば、学校閉鎖との噂も絶えない。

ただ、連続殺人犯の正体が判明して、事件が終わりを迎えるまで、この状態は続くに違いない。早期解決こそが、何よりも優先されていた。

とここで、

「意味を成さないこと、ね」

瑞帆さんが、声を出す。

「不安になることなんて、わたし達には一つも存在しないわ」

正《まさ》しく、その通りだ。

何故ならば、僕達に害がないのは明白だからだ。

小説の中で、瑞帆さんと僕が死ぬことはない。

つまりは、現実に置き換えたとしても、第三者として存在することができるわけだ。

「もうすぐ、この小説も終わりなのね」

ふう、と溜息を吐く。その姿もまた可愛らしく、僕の心を虜にしていく。

篠谷を殺人犯に仕立て上げることで、瑞帆さんは喜んでくれた。

その過程で、他の誰が死のうが構うことはない。

そう、考えていた。

「でも、全ての物語には、終わりが存在するわ」

優しげに、笑う。

「篠谷さんは、屋上から飛び降りて死ぬの。そうすることで、シナリオ通りに事が運ぶ」

連続殺人事件を終わらせるには、篠谷が死ななくてはならない。

「きみ、……分かってるよね？」

念を押す。

形容しがたい必死さを、言葉の端に感じ取ることができた。

「勿論さ」

しかし、そんなことは関係ない。

二ヶ月にも亘り、瑞帆さんは読者になってくれた。

瑞帆さんの為に、僕は動く。

瑞帆さんの為に、僕は存在する。

瑞帆さんの為に、僕は何者にでもなれる。

「……さあ、物語を完結させましょう」

耳元で囁き、僕の手を引いた。

既に、準備万端のようだ。

「放課後って、素敵な時間よね」

共に廊下を歩き、瑞帆さんが口を開く。

「こうしてね、きみと手を繋いで歩いて、二人だけの時間を誰にも邪魔されずに、たっぷりと味わうことができるの。凄く凄く幸せな気持ちになれるわ」

階段を上り、錆び付いたドアを押す。

屋上、そこが僕達の目的地だ。

「わたしは、ここで見てるから」

ドアの傍《そば》で、瑞帆さんは様子を窺う。

不測の事態に陥り、シナリオ通りにならなかった時、手を貸してくれるのだ。

「頑張って」

右の頬に、唇の感触。

瑞帆さんの存在が、僕の心に実行力を齎《もたら》した。

これは、今この瞬間にこそ必要な物だ。

だから、僕は行く。

「やあ、篠谷」

先客に、声を掛ける。

「……何」

すると、その人物は僕の顔を見て、ぽつりと呟く。

「篠谷、全てお前がやったんだろう？」

「なんのこと」

篠谷は、眉を顰《ひそ》める。

何を言われているのか、理解していないようだ。

でも、隠し通すことはできない。

何故ならば、僕は全てを知っているから。

「白を切るのは無駄だ、僕にはこれがあるんだからな」

そう言って、篠谷にノートを差し出す。

訝《いぶか》しげな表情で、篠谷が表紙を捲り、パラパラと読み流していく。

「……これ、どういうこと」

その手が、止まった。

残りページも僅かとなり、連続殺人犯の正体が判明する。

それを、篠谷は目にしたのだろう。驚くのも無理はない。

「僕が書いた小説は、全てが現実のものとなった。赤崎や悦夫が死ぬことを、僕はあらかじめ知っていたんだ」

「病院に行くべき」

篠谷は、話を逸らす。

ノートを僕に返して、ドアの方へと歩き始めた。逃げるつもりだ。

「篠谷ッ、この小説の犯人はお前だ！　お前が皆を殺したんだ！」

「……貴方、頭おかしい」

僕の言葉に、歩くのを止めた。

こちらに向き直ると、篠谷は溜息を吐く。

「認めろ、お前が殺人犯であることを！　そして今すぐここから飛び降りろ！」

声を荒げ、篠谷を責める。

篠谷が罪を認めて、屋上から飛び降りることで、僕の小説は完結するのだ。

だが、

「それ、初めから私を犯人にするつもりだった？」

「え」

その言葉に、その台詞に、思い出す。

至極当然で単純な問いに、思考を巡らせる。

「貴方、そこの女に洗脳でもされた？」

顎で指す。

その先には、ドアの傍で様子を窺う瑞帆さんがいた。

「……あ、」

洗脳、された。

いや、何を馬鹿なことを。

瑞帆さんが僕を洗脳して、何の得があるというのか。

そもそも、そう簡単に人を洗脳できるはずがない。

「甘い誘いに、判断力が落ちたみたいね」

続けて、篠谷が状況を把握する。

甘い誘いは、確かにあった。

それが原因で、僕は瑞帆さんに興味を抱いた。

同時に、瑞帆さんに唆《そそのか》されて、篠谷を殺人犯に仕立て上げてしまった。

そして、それがあたかも現実とリンクしているかのように錯覚していた。

「……み、瑞帆さん？　篠谷が言っていることって、嘘だよね？」

すがる。

それでも僕は、瑞帆さんにすがりつく。

僕が書いた小説を、認めてくれたのだ。

その彼女が、僕を裏切るようなことをするものか。

「間抜け、それこそ洗脳ね」

またもや、篠谷が口を挟む。

瑞帆さんは、酷くつまらなそうな表情で、僕と篠谷のやり取りを見守っていた。

「目を覚ませば？」

「――ッ」

篠谷が、僕の手を握る。

そして、瑞帆さんのそれとは異なる感触が、唇へと伝わった。

「ん、……ッ」

まさかの出来事に、目を見開く。

目と鼻の先に、篠谷の顔があった。

「目は、覚めた？」

唇が離れて、篠谷が距離を取る。

名残惜しさに、手が空を切った。

「貴方は、孤独を利用された。ただそれだけ」

「……孤独を」

そう、僕は孤独だった。

この学校の中で、僕には話し相手が一人もいない。

笑い合える友達がいない。

苛めの標的となっても、先生は助けてくれない。

それが、僕の心を蝕んだ。そして孤独へと追いやった。

思い出せ、今までの出来事を。

瑞帆さんは何故、僕を利用したのか。

仮に、篠谷を犯人に仕立て上げたとしても、実際に篠谷が赤﨑や悦夫を殺したことにはならない。なるわけがない。

当初の予定では、僕が犯人になるはずだったのだ。

だから、小説の通りに事件が起きたのであれば、僕が手を下していなければおかしい。

「ごめん」

実に簡単な答えだ。

誰に問おうとも、篠谷を犯人にすることは不可能だ。

何故ならば、全ては瑞帆さんの提案なのだから。

そう、篠谷を犯人にしようと言ったのは、瑞帆さんだった。

「——きみ」

だが、声がぶつかる。

「謝る必要はないでしょう、だって彼女は殺人犯なんだもの」

瑞帆さんが、僕達の許《もと》へ歩み寄り、口を開く。

先ほどの表情からは一変し、狂ったかのような笑みを浮かべていた。

「わたしね、元々、篠谷さんのことが気に食わなかったの」

ゆっくりと、篠谷の傍へと近づく。

いつの間にか、その手には包丁が握られていた。

「貴方がいるから貴方が存在するから貴方がこの学校の生徒だから貴方がこの学校に通っているからわたしは一番になれないし性欲丸出しの馬鹿な男達が貴方の方ばかり見てしまってわたしに興味を持ってくれなくなるの」

勢いに圧されて、篠谷は屋上の端へと追いやられる。

「ねえ、篠谷さん。一番は楽しい？」

可愛らしく小首を傾げ、問い掛ける。

篠谷は、何も言わない。

ただ、瑞帆さんの目の動きを見ていた。

「わたしはね、誰よりも一番注目を浴びたいの。だからね、貴方のことを大好きな間抜け達を利用できるだけ利用して、全てを奪い取ってあげようかなーっと思ったわけ」

間抜けとは、僕のことだ。

瑞帆さんは、僕が篠谷に好意を寄せていたことに、初めから気付いていた。

「ちょこーっと煽《おだ》てるだけ、そしてわたしがきみに興味があると勘違いさせるだけ、たったそれだけのことで、きみはわたしの言う事を何だって聞いてくれるようになったものね」

僕へと視線を向けて、くつくつと喉を鳴らす。

瑞帆さんは、異性を虜にする術を持ち合わせていた。

一人、また一人と、篠谷派の男子生徒が、瑞帆さんに乗り換えるように仕組んでいたのだ。

「赤崎くんはね、初めはわたしのことが好きだったの。それなのに、少し前から篠谷さんのことが好きになったみたい。残念よね、死なずに済んだのに」

僕は、小説の中で赤崎を殺した。

たまたま、僕が書いた小説に目を通した瑞帆さんは、これを利用できると考えたのだろう。

「悦夫先生はね、別に殺さなくてもよかったの。だけどね、きみは心のどこかで期待してたでしょう？　赤崎くんがシナリオ通りに死んだから、悦夫先生も死ぬんじゃないかなって」

指摘されて、言葉を失う。

それは正《まさ》しく、瑞帆さんの見解通りだった。

赤崎が死んだことで、僕は何かを期待していたのかもしれない。

「つまりね、直接手を下してないけど、きみは赤崎くん達を殺したの。わたしが言ってること、理解できるかしら？」

「止めろ、止めてくれ」

「あら、ごめんなさい。でも止めないわ。だって赤崎くんや悦夫先生が死んじゃったのは、くだらない小説を書いたきみの責任なんだもの」

捲し立てるように、口を動かしていく。

耳を塞ぎたい。何も聞きたくない。

「利用したのは貴方、だから悪くない」

すると、篠谷が口を挟んだ。

僕を利用したのが瑞帆さんで、僕は悪くない、と。

「勿論、罪を償う必要はある。でも、貴方は救いようがない」

「この状況でよく強がることができたものね」

「この状況？　別に大したことじゃない」

強がりとしか思えない台詞だが、篠谷は大まじめだ。

瑞帆さんは、手に包丁を持っている。

それでも篠谷は、恐がる素振りを一切見せない。

「篠谷さん、貴方が屋上から飛び降り自殺してくれないとね、物語は完結しないの。だからほら、早く死んでちょーだい？」

更に一歩、篠谷へと近づく。

しかし、

「無理」

素早い動作から、くるりと体を入れ替えて、篠谷は瑞帆さんを柵へと押した。

「あっ」

声が出た。

僕の声ではない。瑞帆さんの声だ。

「貴方が死ねば？」

その言葉を聞いた時、既に瑞帆さんは屋上から落ちていた。

篠谷は、包丁への恐れを見せずに、瑞帆さんの両足に手を回し、一気に持ち上げたのだ。

「……その小説」

下を見る勇気がない。

瑞帆さんが、どうなってしまったのか。

僕には知る勇気が無かった。

「書き換えた方がいい」

そんな中、篠谷は淡々と呟く。

「シナリオ通りの殺し方にはは、ならなかったから」

エピローグ

改稿作業には、苦労しなかった。

見たままの出来事を、文章にするだけで構わない。

瑞帆さんが死んで、僕が書いた小説は呆気なく終焉を迎えたのだ。

「篠谷」

放課後の教室。

篠谷と僕は、二人きりだった。

「あの小説な、最終選考まで残ったんだ」

僕が書いた小説は、とある新人賞に投稿中だ。

順調にいけば、受賞することも夢ではない。

もしそうなれば、僕も作家の仲間入りというわけだ。

「篠谷、もっと喜べよ」

けれども篠谷は、興味無さげな態度だ。

本当は嬉しいくせに。

「勘違いしないで」

死因は、飛び降り自殺。

それが、瑞帆さんの最期だ。

それから一ヶ月が過ぎて、僕と篠谷は付き合っていた。

でも、キスはあの時にしたっきりだ。

それどころか、手を握ることはおろか、こうして言葉を交わす機会も無かった。

だから、今日は久しぶりに話をすることができる。

「私は、貴方を助けようとしていただけ」

「篠谷が、僕を助けるだって？」

それなのに、急に何を言い出すのだろう。

僕は眉根を寄せた。

「野々鹿瑞帆という人物は、貴方と貴方の小説を利用することで、地位を得ようとした」

今は亡き瑞帆さんの席に腰を下ろし、僕に視線を向ける。

「けれど、彼女が殺人を犯したとは、一度も言っていない」

「……え」

篠谷が、僕に伝えたいこと。

「貴方は、大きな勘違いをしている。……いいえ、思い込みをしている」

その意図が、頭に引っ掛かる。

「貴方にとって彼女は、小説の中で指示を出していただけ。そういう風に書いたのは貴方自身で、実行犯は別に存在する」

「小説の中で……」

言葉に引っ掛かりを覚えた。

篠谷は何故、そのような言い方をしたのか。

「孤独が、存在しないはずの人物を生み出した」

「……え」

止めろ。

それ以上、言うな。

「野々鹿瑞帆は、初めから存在しない」

「ふ、ふざけるなっ、その席は誰のだ！　瑞帆さんの席だろ！」

「ここは赤﨑君の席。でも、都合よく忘れた振りをしていただけ」

そんなはずがない。

「存在しない人物が、殺人を犯すことはできない」

瑞帆さんは、誰も殺していない。

殺しの実行犯は別にいる。

篠谷は、そう言った。

「別にいるだと？　一体誰がっ」

と言って、僕は気付いた。

「ま、まさか……」

ゆらり、と篠谷が立ち上がる。

その手には、血の付いた包丁が握られている。

「僕を殺すつもりか」

篠谷は、僕とキスをして、僕の心を虜にした。

そして、僕と付き合うことで、洗脳しようとしていたのだ。

そうすることで、自供する選択肢を奪い取り、僕を飼っていた。

「瑞帆さんを屋上から突き落としたことを、誰にも知られたくなかったからだな！」

それだけは、発覚してはならない。

だからこそ、今の今まで大人しくしていたのか。

「間抜けね、小説の中の彼女の洗脳が強すぎたみたい」

僕を殺して口封じするには、今が好機だ。

「野々鹿瑞帆は存在しない。だから、彼女を殺すことはできない」

だが、篠谷は溜息混じりの声を上げた。

「元々、この包丁は貴方の物。あの日以来、毎日欠かさず貴方の持ち物は調べられていた」

机の横に掛かった僕の学生鞄を、篠谷が手に取った。

蓋を開けて、中を見せる。

「こんなに沢山、包丁やカッターナイフが入っている。……何に使うつもりだった？」

「だ、誰がそんな物を僕の鞄に入れたんだ！」

おかしい。

これはおかしい。

何かが間違っている。

何故、僕の鞄に包丁やカッターナイフが入っているのか。

「本当は、屋上の出来事で終わりにしておきたかった。……でも、貴方は我慢することを忘れてしまったみたい」

我慢、と篠谷は言った。

僕が何を我慢できなかったというのか。

「孤独と洗脳、二つが混ざった貴方は、都合の悪い出来事を忘れることにした。脳みそが、勝手に判断したのかもしれない。でも、貴方は自分の罪を増やすことを選択した」

「それ、どういう意味だ……ッ」

僕は立ち上がり、篠谷の肩を掴んだ。

「ッ」

力を入れすぎたのか、篠谷は表情を歪める。

更に、篠谷の手から包丁を奪い取り、首筋に当てた。

「篠谷ッ、ちゃんと答えろよ！」

だが、

「下を見て」

と、言った。

篠谷の声に、僕は視線を下げる。

そして見た。

「……な、なんだこれ？」

人が倒れている。

背中には幾つもの包丁、そしてカッターナイフが突き刺さっていた。

真っ赤に染まった床が、既に手後れであることを物語っている。

「貴方が殺した。数分前に」

「ぼ、僕が殺しただと？」

そんな記憶はない。あるわけがない。

だが、

「そこまでだ、大人しくしなさい！」

教室に、青い服の男達が押し寄せてきた。

「えっ、あ、あ、え、……あ、えっ？」

青い服の男達は、警官だ。

僕の体を押さえつけ、手錠を掛けた。

「まだ気づいていないみたいだから、教えておく」

涙でぼやけた視界の中に、ゆらゆらと揺れる篠谷の姿が映り込んだ。

その体をすり抜けて、また一人、警官が僕の傍へとやってきた。

「小説の中の野々鹿瑞帆に言わせて彼等を殺したのは、貴方自身」

殺人犯は、僕。

それこそ罪のなすり付けだ。

「そんなことない！　あれは全て瑞帆さんがやったことだ！」

「何度も言ったけど、野々鹿瑞帆は存在しない」

声を聞け。

僕の訴えを認めろ。

「あと一つ」

息を吐き、篠谷は唇を震わせる。

「野々鹿瑞帆と同じように、私も存在しない」

それ以上何も言わずに、篠谷は姿を霞《かす》ませていく。

「え、おい、……篠谷？　どこに行くんだよ！」

手を伸ばす。

でも、青い服の奴らが邪魔で届かない。

「僕が、犯人……、そんなことが、……あって、いや、……僕が、皆を……殺し……」

思考が定まらない。

涎が垂れている。

そんな中、僕は反芻する。

これまでの出来事を思い返してみる。

僕が書いた小説には、殺人犯がいた。彼等を殺した人物は、僕自身にするつもりだったが、瑞帆さんの提案を受けて、篠谷へと変更した。

僕は、篠谷が実行犯だと思っていたが、結局は瑞帆さんの自作自演であることが判明した。

そう、思っていた。

でも、それは全て間違い。

「初めから、僕が主人公……、だった、のか……？」

殺人犯は、当初の予定通り、僕だった。

僕は、事実に気付かない振りをしていただけ。

瑞帆さんの口車に乗せられて、あえて都合の悪いことを記憶の引き出しに詰め込んで、鍵を掛けてしまったのだ。

そうすることで、僕は自分が洗脳されていると思い込み、錯覚していた。

瑞帆さんが存在しない。そして、篠谷もまた存在しない。

それはつまり、屋上での出来事も全ては妄想だったというわけだ。

それどころか、そもそも僕は小説すら書いていなかった。

妄想の中で小説を書いて、その中で瑞帆さんを想像し、殺人犯を創造していたに過ぎない。

「は、ははっ、……はははは」

小説を書いていないということは、つまり作家としてデビューすることもできない。

初めから、僕は一文字も書いていなかったのだ。

でも、そんなことよりも、一つ気掛かりなことがあった。

それは、

「しのやああああああっ」

姿の見えない彼女に向けて、声を張り上げる。

「僕はシナリオ通りに殺《や》れていたかなあああっ」

返事は、僕の耳に届かなかった。

スーパー
サイエンス部
成田のべる

プロフィール

＊　小説家になろう古参ユーザー。利用開始時から、いずれ「小説家になろう」が出版界の台風の目になる！　と予言するも誰からも同意を得られず、その後始まったゴールドラッシュの中でフェザー文庫に原稿を応募し出版に至る。既刊「千尋・ザ・ブラックナイト」（林檎プロモーションフェザー文庫より刊行）

プロローグ

（やった、お気に入り登録が一件増えたぞ）

投稿したばかりの文章に読者からのレスポンスがあり、ぼくの心は高鳴った。

「なに書いてるの？」

「ラノ……小説だよ」

「ライトノベル、書いてるんだ？」

「ぐぬぬぬ」

否定できなかった。

しばらく沈黙。彼女は視線を動かし、時折スマートフォンをフリック操作、画面を弾くような指の動きでスクロールさせている。

「この主人公、『あの人』のことだよね」

「あの人」は、ぼくと彼女の共通の知人。知人と言うのはおかしいか。上級生だしな。

「うん……って、スマホで読んでるのかよ」

一人の少女がスマートフォンを弄んでいる。ぼくの部屋の、ベッドの上に体育座りしたまま。

「なんだ、すぐに読者の反応があったと思ったら、おまえだったのか」

ちょっとがっかりした。勉強机でノートパソコンに向かっているぼくを、従妹の樹梨亜《きりあ》が後ろから覗き見していたのかと思えば、さにあらず。ぼくが先ほど小説投稿サイトにアップロードした作品を自分のスマートフォンで読んでいる。

まさに、クラウド時代。便利な世の中だ。

「……わたし、最初の読者」

樹梨亜は「最初の○○」という冠が好きだった。とりわけ、ぼくに関することでは。

昔の人がノートに書き留めていた恥ずかしいポエムや小説を、現代では手軽に全世界に発信することができる。いわゆる黒歴史ノートのオンライン配信というわけだ。

このような一人ツッコミこそが、ライトノベルにおけるメタ表現と言えるだろうが。

最近のぼくは、ある使命感に突き動かされて小説……のようなものを執筆している。

(だれが黒歴史だ)

それはなにかと言うと……

ぼくには幼い頃から尊敬する人がいた。文武に優れた神童と言われた人だった。その人は上級生にいじめられそうになったぼくを助けてくれただけでなく、学校で起きることをすべて承知しているように思えた。すべての振る舞いがぼくらの手本になるような人で、だれかが心配ごとを抱えていると、そっと相談に乗ってくれていつの間にか解決してくれているような、生まれついてのリーダーだった。彼は子どもの拙いボキャブラリーで言葉にできない心の奥底まで見透かすような超能力者に思えた。

その人との出会い以来、なにか人生に選択肢が現れると、ある判断基準に従っている。

（あの人ならどうするだろうか？）

「あの人」の存在が、ぼくの人格形成に大きな影響を与えていた。

世間は荒んでいるというが、ぼくらの幼年時代は少なくともこの地域一帯は平和な地区だったと思う。子ども同士のけんかぐらいはあっても、テレビでニュースになるような多額の金品を恐喝するとか、一人を自殺するまで追い詰めるようないじめはなかったのだ。少なくとも、ぼくが小学生だった頃までは。東京都武蔵野市K町は、子ども心にも住みやすい街なのだと思っていた。日本の中でも治安の良い、善良な人が暮らす街なのだと。

いまは思う。

（果たして本当にそうだっただろうか）


結局「あの人」の話は、その後連載を続けたが、幾人かの愛読者を得たものの目立つこともなく中途半端なところで完結となった。

「あ、もう終わっちゃうんだ？」

樹梨亜だけは残念がった。

「もったいないよ、わたしにはあの人の素晴らしさがちゃんと伝わってくるのに」

「それは、おまえもあの人を知っているからだ」

もちろん、読者が増えれば投稿を続けたい気持ちはある。だけど、自分で読んでも他者を楽しませるために書いている文章に見えない。「その域」に達するには倍旧の努力が必要なようだ。

「考えてみたら、あの人の言葉や仕草しか、ぼくたちはあの人のことを知らなかったんだということを悟ったよ。あの人がいまどこにいるのかわからないから、話を完結させることもできない」

他人にはわからないことがたくさんある。

「あの人」、子守千尋《こもりちひろ》は、ぼくが中学生になった年に、失踪して行方不明となったまま、いまもどこにいるのかは誰にもわからない。当時高校一年生だった。ぼくらのヒーローだった子守先輩は、首都高速道路で起きた大事故の現場から姿を消して、遺体も見つからないままま。ご両親が消息を求めて、テレビ番組に出演したこともあった。悲嘆に暮れ、憔悴するご両親の姿に胸が痛んだ。

しばらくなにが起きたのか自分でもわからなかった。

(なんだか、頭が重い……下半身がすーすーする)

体を起こして異変に気づく。

「なっ、ちょっと、おま……」

上半身は朝から着ている七分丈のＴシャツにパーカーを羽織っていたが、問題はボトムだった。

「穿いてない」ライトノベルを書くときにはお決まりのセリフだが、普通それはヒロインの姿を描写する際に使われる表現だ。しかもそれは、下着があるべき場所に肌の露出を多めに描き、なおかつギリギリ下着があるべき場所をスカートの生地で覆うことによって、あたかも「穿いてない」ように見せるテクニックだ。というか、これは文章ではなく挿絵イラストの技法である。男性読者の劣情を煽るためのもので、男性キャラクターである自分に適用されるものではない。

いまのぼくの姿は痴態と言ってもいい。ジーンズはひざまで下げられ、その上にトランクスが重なっている。「穿いてない」じゃなくて、「まる出し」だった。

「な、なんでだ」

なにが起きたのかと頭が混乱している。驚愕すべき事実は、ぼくの大事な部分が力なく横たわっていることだ。横たわっているのはいいのだが、なにか違和感がある。

この感覚には覚えがある。しびれたような、心地よい倦怠感。

「なんでいま、ぼくは賢者タイムになっている？」

傍らにはティッシュの箱が。手近にあったごみ箱を覗いてみると、そこには使用済みの紙の丸まったものがいくつか。自分で処理するときより少ない気がした。

一人暮らしでもしているのなら、よほど疲れているのなら、ことを終えてそのまま眠ってしまう、などということもあるのかもしれないが、ぼくはそんな間抜けではない。しかも、ここは自宅で親もいる。

時計を見た、正午を過ぎている。こんなことをして寝入る時間でもない。それにかすかに頭痛もする。

「こんな格好で昼寝して、風邪でもひいたか？　いや、昼寝なんかしてないけど」

額に手を当てても熱があるようには思えなかった。

考えたくない。考えたくはないが、心当たりがひとつだけある。

「いや、しかし、そんなまさか」

かかる事態が発生する前、この部屋にいた人間がもう一人。その姿が消えている。

ぼくはこのとき、ひとつ判断ミスをしていた。原因究明より先にすることがあった。

「路未央《ろみお》、樹梨亜ちゃんはもう帰ったの？」

ノックもされずにドアが開いた。そこにいたのは、

「きゃあああああ」

絹を裂くような悲鳴はぼくのものだった。自分でも意外なほどに乙女チックな声音だった。自分でこんな声を出せるとは思わなかった。

「……」

母は無言で立っていた。息子の醜態にも動揺はしているのだろうが、ぽかーんとした顔をしているものの取り乱すことはなかった。

「ば、ばか、ノックせずに開けるなって言ってるだろ！」

いままで母にこんな乱暴な口のきき方をしたことはなかったが、ぼくはすっかり冷静さを失っていた。あわてて立ち上がり、トランクスとジーンズを引き上げたのだが、足がもつれてバランスを崩した。そして、顔から絨毯に倒れ込む。

「ノックしろ、なんていままで一度も言ったことなかったでしょ。それより、大丈夫なの？」

今日までぼくは、家族に後ろめたい秘密など持っていなかった。だから、部屋に鍵をつけてくれと言ったこともないし、母が勝手に部屋を掃除しても怒ったりすることはなかった。

彼女ができたことは言ってないが、隠すつもりもない。

「で、出てってくれ！」

涙声になっていた。恥ずかしすぎて死にたくなった。

母はため息をひとつつき、廊下へ姿を消し静かにドアを閉めた。

「路末央、よく聞きなさい」

ドアの向こうから、母の声が伝わってくる。

「……なんだよ？（震え声）」

「あのね、路末央。あなたもそういうお年頃なのでしょう。いま、お母さんに見られたこと自体は気にしなくていいけど、さっき樹梨亜ちゃんが急ぐように帰っていったわ」

母の気遣いが余計に心を抉《えぐ》る。当然、樹梨亜にもこの姿を目撃されているだろう。

「わたしが心配しているのはね……あなた、樹梨亜ちゃんに変なことしたんじゃないでしょうね？」

猜疑心のこもった声だった。

「してねーよ！」

ぼくは彼女をそういう目で見たことは……まったくないと言えば嘘になるけど、一人っ子のぼくにとって彼女は実の妹同然の存在だ。それに、いまのぼくには……

「本当ね？」

念を押された。

「もし、樹梨亜ちゃんにひどいことをしたのなら、お母さん、あなたを殺して自殺するわ」

背筋の凍る言葉だった。だが、しかしそれは心配ないだろう。おそらく真相はその逆だ。もう一度、話を整理しよう。

ぼくは都立吉祥寺高校の三年生。名前を門田木路未央《もんたぎろみお》と言う。

自分の置かれた状況を把握したぼくは驚愕していた。

「うっ、頭痛が……樹梨亜め、お茶になにを混ぜた？」


少し時間を遡る。

日曜日のもうじき正午という時間だった。午前中から近所に住む従妹の樹梨亜が、相談したいことがあると言って訪ねて来ていた。

「相談ってなんだい？」

「う……うん、あのね」

急には話しづらいのだろうか、モジモジとしているので急かさずに最近の学校生活や部活のことなど他愛もない世間話をした。

考えてみれば最初から様子がおかしかった。目を合わせようとしない。話すこともしどろもどろ。身振り手振りを交え、なにか会話の糸口を探そうとしている。

「そういえば、こうして部屋に来るのも久しぶりだね」

「路未央、お茶菓子用意したわよ」台所から母の声。

「待ってて、もらってくるから」

「あ、いいよいいよ。わたしがやるから」

お互いに一人っ子だった、ぼくと彼女、二人は兄妹のように育った。

母は自分の娘のように樹梨亜に接する。伯父夫婦と食事するときなど、「わたし、本当は女の子がほしかったのよね」と目を細めて言う。ぼくの立場はどうなるんだ？

一度、階下に下りた樹梨亜がコーヒーをポットに入れてもどってきた。母は朝から自家製スコーンを焼いてくれていた。熱く香ばしい匂いが部屋中に広がる。

お盆を間に挟み、クッションに正座して差し向かいのぼくと樹梨亜。

カップを手に取る樹梨亜。取っ手には指をからめず、指で挟むように持つ。右手にはポット。正座したまま左手は胸の高さに、そっとコーヒーを注ぎながら、徐々に右手は頭上にまで持ち上がる。コーヒーの滝が生まれる。これだけの高低差で注いでいるのに、コーヒーの滴が一滴も跳ねてこぼれることがない。洗練された、とてもきれいな動作だった。そして、持ち上げられた右手がそっと下がり、カップの口でコーヒーの川が途切れる。そこからは一口、また一口分と少しずつカップに注ぎつづける。

「さあ、ロミ」

これだけの挙動を経て、まだコーヒーカップの三分の一も満たされていない。まるで時間の進み方が緩やかになったようだ。

ぼくも姿勢を正し、手を合わせる。樹梨亜に向かって、いや、コーヒーのカップとポットに向かって合掌。

「いやー、ありがとう」

コーヒーに向かって語りかける。

「今日も美味しくなってくれよー、いつもありがとうなー」

このぼくのセリフだが、樹梨亜に向かってお礼を言っているのだと思うだろう？

これ、実はコーヒーに語りかけてるんだよね。

「いい色になっているねー、美味しそうだー」

この珍妙な光景が我が家のコーヒーの作法だった。そう、ぼくらだけでなく親族郎党全員がこの習慣を行っている。

『コーヒーはね、感謝の気持ちを伝えながら淹れると味が変わるんだよ』

我が家でそう言いだしたのは樹梨亜だった。もう三年前だったかな。彼女はまだ中学生になったばかりだった。

可憐な少女の言うことだから、まあ多少メルヘンがかってもぼくは異論なく彼女の言葉に従って、コーヒーに語りかけた。もちろん、そんなこと信じてはいなかった。

「あれ？　本当に味が変わったような気がするよ」

意外だった。そのときのぼくは飲む人の気分で味も変わってくるものなんだろう、ぐらいに思っていた。中学三年生のぼくは風味のちがいがわかるようなコーヒー通でもなかった。なのに、明確になにかがちがうと感じていた。

少しして、彼女が夏休みの自由研究テーマに「おいしいコーヒーの淹れ方」というタイトルを選んでいたことを知った。その研究発表はまったく日の目を見ることがなかった。読んだ教師の誰も内容を理解できなかったのだ。

それから、三年。いま日本のコーヒー産業においては、門田木マークのコーヒーブレンド豆がシェアの大多数を占めている。そう、樹梨亜はコーヒー富豪なのであった。

樹梨亜の父親である伯父はやり手の経営者であり、親戚縁者の面倒を見ていた。ぼくの母が子どもだった頃、両親を早くに亡くした兄妹は貧しい境遇であったが、兄が中学を卒業するとすぐに働き始め、妹を大学まで出した。いまは親しくしている親戚たちも、決して伯父の成功後にすり寄ってきた人たちではない。何度かあったバブル景気の恩恵にあずかることのできなかったお金に縁遠い家系だった。それでも伯父の就職までは微々たるものだが援助をしてくれた。伯父はそれを恩義に感じて親戚たちの面倒を見ている。

その逸話は親戚中の語り草であり、実業界でもよく紹介される有名な話だった。

そんな伯父もとうとう挫折する時が来た。彼はサブプライム問題の最中に会社の資金を全て失って失意のどん底にいた。

心優しい樹梨亜は父親を励ますために、コーヒーを淹れた。

憔悴し感覚が麻痺していた伯父ですらも、その味がただ事ではないことに気づいた。娘の淹れてくれたコーヒーを飲んだ刹那は、深刻な悩みを忘れるほどだった。

「樹梨亜、これはどうやって淹れたんだ？」

父の問いに、娘はキッチンではなく自分の部屋へ案内した。

そこで父が目にした光景。娘の部屋には実験用機器や業務用コーヒーメーカーが幾種類も置かれていた。そして、世界各国のコーヒー豆の袋がまるで小売店のように並べられていた。

子どもに不相応な広い部屋を与えていたにも関わらず、女子中学生の部屋と思えぬラボと化していた。かろうじて整理整頓されていたため、生活スペースは確保されていたが。

「これは一体？」

父も驚きを隠せない。年頃の娘に配慮して部屋には立ち入らないでいた。いや、正直なところ、多忙であったことと、娘にどう接していいか確信が持てず、母親任せにしていたことを反省した。

「こんな機材どこから調達したんだ」

「〇マゾンとか、ビッ〇とかヤ〇ダとか」

そう言えば見覚えのある段ボール箱が積み重なっている。

「こんな実験機材まで売っているのか」

「部品を買って自分で作ったんだよ」

自分の娘が、秀才という形容では収まりきらない才能を有していることは気づいていた。しかし、男子三日接せずにいればなんとやらと言うが、わが子の成長の速さが恐ろしくもあった。

「この設備をどうやって手に入れたんだ」

父はもう一度尋ねた。

「だから、通販で」

「お父さんが訊きたいのはお金のことだ。どうやって払ったんだ」

「やだなー」

娘は引き出しから、一枚の黒いカードを取り出した。

「このクレジットカード自由に使っていいって言ったじゃん」

「そうだっけ？」

ピコーン。暗く沈んでいた心に電球の灯りが点った。

「天才か……」

娘はうなずく。機械を観察する父。コーヒーメーカーにしては大きく、そして部品が多い。

「さっきのコーヒー、この機械で作ったのか」

ふつうのドリップ機は豆を入れるフィルター部と水分を供給する部位に大きく分かれているし、さほど場所も取らないものだが。

「樹梨亜、もう一杯淹れてくれないか。実際に作るところが見たい」

伯父は駄目な父親だった。しかし、ビジネスマンとしては辣腕だった。落ち込んでいても、商機を見落としたりはしない。

樹梨亜が起動スイッチを押すと、ポットの水分が温められて、蒸気が出始めた。

「ふつうにドリップするより時間がかかるようだな」

ゆっくり、ゆっくりと黒い滴が溜まっていく。これは喫茶店でもよく見る光景だ。

「どれ」新たなカップに注がれたコーヒーに口をつける。違和感あり。

「……ふつうだな」

先ほど飲んだコーヒーとは比べ物にならない。

「樹梨亜、これはどういうことだ」

「うーんとね、隠し味があるの」

もったいぶった笑みを浮かべる樹梨亜だった。

伯父は樹梨亜の発明したドリップ法を商品化した。特許も取ったが、どこの会社にもライセンスの許諾はしていない。実はそこには記されていない特別なひと手間があるのだ。これは秘中の秘密であり、社内でも伯父と工場長しか知る者のいない特別な製法だ。

もちろん大量生産する以上、工場には機械の実物があるのだが、肝心の制御回路はブラックボックス化している。また、その管理は厳重に行われていた。

とにかく、門田木印のコーヒーは世界的ブランドとなり、伯父の事業は持ち直すどころかますます栄えた。

先ほど、ぼくが飲んだコーヒーも樹梨亜考案のコーヒーだった。

「樹梨亜、コーヒーになにか盛ったな？」

だんだんと思いだしてきた。彼女に勧められるままコーヒーを飲んだ後、意識が途切れた。

樹梨亜が「相談がある」と言って電話をかけてきたのは、土曜日の夜のこと。

「うん？」

何度か着信があったようだ。スマートフォンをマナーモードにしてベッドの上に放り出していたから、気づかなかった。

電話に出ると樹梨亜だった。明日、家に行ってもいいかと訊かれOKと答えた。アポが必要な間柄じゃないから、不在でないかの確認ぐらいに思っていた。

そして翌日の今日、彼女は姿を見せた。彼女がぼくの家に出入りするのに許可など要らない。子どもの頃から、ぼくがいなくても部屋にいることだってあった。

いつも、彼女はフェミニンな服を好んでいたように思う。パステルカラーのワンピースとか。しかし、今日は動きやすい格好だった。そして右手に黒革の鞄。

「なんだ？　その荷物は」

「う、うん。この後、部活があるから」

そのことは引きずらず、部屋に上がった。

「ふーん。なにかあった？」

これは挨拶みたいなものだった。べつに用があろうとなかろうとかまわない。

母がお茶菓子を用意してくれた。そして、彼女考案のブレンドコーヒーがカップに注がれた。

（キッチンに下りた時か？）

彼女が部屋にもどってきてから向かい合って座っていた。薬を盛る隙は見せなかった。

（直前までなにを話していたっけな？）

ふだんと様子がちがうとは思っていた。普段は着ない短いスカートいや、ワンピースの下はレギンスを穿いている。この後学校に行くと言っていたが、部活でも学校に行くときは制服を着ているものだった。

とくに言葉が必要な間柄ではないが、なにか会話をしなければ、と彼女は思っているようだ。

「あ、あはは、衛藤《えとう》さんとはうまくいってる？」

だからって、その話題を選ぶか。

「な、なんだよ、唐突に……うまく……いってる……んじゃないかな？」

たとえ従妹でもガールフレンドとのことを冷やかされると照れるのだ。

「あはあはは、よ、よかったね」

「どうも」

ぼくはコーヒーカップを口に運んだ。

「そ、それで、ど、どこまでいったの？」

噴き出しそうになった。

「直球だな、おい」

本気で訊きたいのか、なにか他に用があって来たのではないのか。

「健全な付き合いだよ、まだなにもしてないって」

「あ……そうなんだ」

樹梨亜はきょとんとした顔でいた。どんな回答を期待していたのだろう。

「どこまで進んでいると思っていたんだ？」

ぼくの心に悪戯したい衝動が湧いた。

「え、いや、ちゅーぐらいしたのかな？　と」

少しテンパリ気味に答える樹梨亜。ぼくも少し想像してしまう。衛藤樹理《じゅり》の淡い色の、艶やかな唇。いかんいかん。我を忘れているときではない。

「そうかそうか、おまえは付き合って一か月でキスさせてくれるのか」

形勢逆転だ。樹梨亜の顔が赤くなった。

「わたし、そんなビッチじゃない！」

彼女の貞操観念がよくわからない。べつに一月付き合えば、キスを交わしても早くないと思うのだが。

「あほか、おまえ！　ビッチって、言葉の選び方がおかしいぞ」

おっとりした奴だが時々、刺々しいボキャブラリになるのはネット文化の悪影響かもしれない。

よく考えてみると、一か月経ってガールフレンドとなにもしていないぼくはどうなんだ？

（あれ？）

噛み合わない話を続けているうちに、なんだか眠くなってくるのを感じていた。

「ロミ、眠いの？」

「いや、ごめん。話を聞かなくちゃいけないのに。なんだろ、べつに夜更かしなんかしてなかったのに」

体から力が抜けていく。とてもいい気持ちだ。

「……だいじょうぶ？」

樹梨亜が心配している。大丈夫だ、ぐっと手を上げたつもりが、掌は蝶々のように揺らいでいる。

何度もまぶたをこする内に、意識が薄れていった。

「……ごめんね、路未央」

「ごめんねって……なにがだ？」

（あ、だめだ）ぼくは抵抗を諦めた。

次に意識を取りもどしたとき、自分のあられもない姿に驚愕した。

推理するまでもない。樹梨亜がコーヒーに睡眠薬を盛ったのは確定的に明らかだった。どこから薬を入手したか。ぼくが知る限り、我が家に睡眠薬を常用している人間はいない。ちょっと拝借したなんてことはないだろう。

効き目から言って相当強力だった。処方箋なしに薬局で買えるものではない。

「だが、しかし」

樹梨亜は「スーパーリケジョ」と言ってもいい天才高校生である。独学でコーヒーの焙煎法を発明し、世界的な特許を取ったのが中学生のときだ。睡眠薬を精製することなどたやすいだろう。

「樹梨亜……おまえ、ぼくになにしたんだよ（震え声）」

トランクスの中を恐る恐る覗きこむ。眠っているうちに自慰したなんてことあるはずない。夢精だって経験はない。だとすれば、この有様はこの場にいた誰かが、ぼくが眠っている間に処置したものにちがいない。

「信じたくない」

あの奥手な樹梨亜がそんな大胆なことをするなんて。彼女がぼくに好意を持っているのは知っていたが、それはあくまで兄妹の情に近いもので、やがて本当の恋に気づいて誰かと真剣な交際をするだろうと思っていた。それまでは、ぼくが守ってやらないといけないという使命感はあった。

仮に樹梨亜が、ぼくに強い恋愛感情を抱いていたとして、だからと言ってこれは理解不能だ。

「わからない。女が眠っている男の体を弄んで楽しいものなのか？」

逆ならわかる。ぼくにもつい最近ガールフレンドができたが、彼女が目の前で深い眠りの中にあったら……

「いや、ないない！」

決してぼくはそんなことはしないと誓う。もし相手が樹梨亜だとしたら？　なおさらありえない。

(ぼくはどうしたらいい？)

容疑者は樹梨亜以外に考えられない。事情聴取しなければ。

彼女はぼくの部屋から姿を消して、どこへ行ったのだろう？

「そういえば、相談をしたらその後、学校の部室に行くと言っていたな」

手にしていた鞄もよく学校に、とりわけ部活動に持ち歩いていた物だ。

ぼくはとりあえず、下着を替えて服装を正した。

「ちょっと出かけてくるから」

まだ母は冷たい目でぼくを見ている。視線を合わせないようにして玄関を出た。ぼくに後ろめたいことはないのに気まずい気持ちになってしまう。

「樹梨亜、いったいどういうつもりなんだ」

ぼくらの通う都立吉祥寺高校へは歩いて一五分と、近い場所にある。歩を進めながら、なにか最近の樹梨亜に変わったことがなかったか考えてみた。

よく考えてみると、いまに始まったことではなく彼女は変わり者だった。天才となんとかは紙一重とは言うけれど、優れた発明を成し遂げる科学者の発想が常人と異なるのは当然だと思える。

だが、彼女を理解不能の存在と突き放してしまうことも、ぼくにはできない。ぼくはこれまでの人生、いつだって彼女を見守ってきたつもりだ。

(そりゃ、最近は好きな人ができて目を離したこともあったけどさ、それは仕方ないじゃんか)

誰に対するでもなく、自己弁護をしていた。

(もしかしてそのことと関係あるのかな？　最近のぼく、樹梨亜に冷たかったかな)

慕ってくれる妹をほったらかしにしていた兄の罪悪を感じる。こういうとき、マンガやアニメのセオリーだと、とても良くないことが起きる展開だ。

このところ少し浮ついた気持ちでいたことは確かだ。

土曜日の昼間だって、最近できたガールフレンドらしきクラスメイトとその友人たちと、カラオケをしていた。男一人に女子三名。道ですれちがう他校の男子から、刺さるような視線が痛い。

彼女を家に送って帰り際、ラインのスタンプとメッセージが頻繁に入ってくる。

立ち止まっては、返事をする。

「歩きづらいな」

おかげで帰宅するのに倍の時間がかかった。付き合い始めなので、こういうことも楽しくて苦痛には感じない。彼女を通して、女子との付き合いも多くなった。

いわゆるリア充生活を満喫している最中だった。

人と人との出会いで世界は変わる。ぼくの世界は二度塗り替えられた。幼年期、両親の庇護のもと、なにも不安を感じずに生きてきた時代。ふつう、それは成長期に移り野蛮な少年同士の付き合いの中で、世の中にはずるいことや汚いことがたくさんあることを学んでいく。だけど、あの人がいたから、ぼくらはきれいごとの世界を少し長く生きていることができた。

あの人が行方不明になってから、ぼくの世界に対する認識は変わった。野蛮な現実がぼくらの世界を侵食してきたように思える。あの辣腕の伯父でさえこの頃、ビジネスに失敗したのだ。

父の手、母の手、子どもたちの純粋な友情。ぼくらを包む透明なスクリーンは、ほころびを見せていった。

街の声を聞けば、

不況は続くんだ。景気を良くするために国の借金は増やしていいんだ。富は一か所に集中するんだ。貧困が蔓延していく。自分だけ豊かになりたい。他人は福祉の恩恵を受け過ぎている。外国に頭を下げるなんてまちがっている。外国にどんどん進出するんだ。技術は流出させてはならないんだ。誰かが売り込む前に自分が売るんだ。日本人は世界で一番優秀なんだ。インターネットでは技術も情報も簡単にコピー配信される。誰かが儲かるのが許せない。贅肉のない筋肉質の組織を作るんだ。リストラしたら、有能な奴から辞めていった。強い子どもを育てるために厳しく育てるんだ。少年犯罪はますます増えていく。自由競争するのがいいんだ。社会保障費はどんどん増えていく。弱者は切り捨てたらいいんだ。テロで富裕層も血を流すだろう。男は兵隊に、女は娼婦に育てるのがいいんだ。自分の子どもはリーダーになるんだ。実際は捨て駒になるんだ。

世の中は矛盾している。願いとそれを実現するための方法がチグハグだから、どれもこれもかなうはずがない。不満ばかりが膨れ上がっていく。

（あの人がいれば、こんなこと許さないだろう）

そんな迷信じみた想いがある。

そしてまた再び、世界は彩りを取りもどしつつある。灰色の世界は総天然色へと変わる。

我が家の経済危機は樹梨亜の発明品が解決した。大したやつだと思う。会社をリストラされたぼくの父も、いまは伯父の会社で働いている。本来、樹梨亜にはぼくも頭が上がらない立場なのだ。

そしてもう一つの光明、衛藤樹理との出会い。

高校二年生になったとき、ぼくは彼女と同じクラスになった。一年間過ごすうちに、交流することは多くなった。その頃から気がつけば、なにかと学校の係を一緒にすることが多かった。彼女はテニス部に所属していたが、大会成績に命をかけるタイプではなく、要領よく楽しんでいるようだ。にもかかわらず人望は厚く次期部長に指名されかけて、のらりくらりとかわしていたようだ。

ぼくは文芸部員だった。理由はみなさんご存じの通り。ぼくらはもう三年生。そろそろ部活動も引退の季節だ。

特別な接点はなかった。入学当初はクラスもちがったし、いまのこの関係を予想するなど不可能な距離があった。ただ、全校男子のあこがれの的ではあった。彼女の美貌を説明するといま流行りのアイドルグループのメンバーたちとはまたちょっとちがう。決して一般人っぽい可愛さというのでもない。むしろ、いまどきのアイドルの方が千差万別で普通っぽさを売りにする女の子も多いだろう。衛藤樹理の容姿は、涼やかな気品のある眼差し、すらっと背が高く、女優のようでもある。

制服も着崩したりしない、きりっとした姿は男子だけでなく女子にも人気があった。

女子がスカートの丈を短くすることをけしからんと言う人がいる。風紀の乱れだと糾弾する人もいる。でもこれはちがう。女子たち曰く「脚を長く見せるための工夫」とのこと。それを彼女たちに強いるのはなにか？　男の視線か、マスコミや芸能界の社会的影響か、どちらかと言えば異性よりも同性同士の視線によるものなのだった。女は競ってこそ華ということのようでもあった。下着が見えてしまうというのは、結果に過ぎない。好き好んで見せているわけではない。見えてしまったとしても仕方がないというだけのことだ。

「えーと、なにを言おうとしていたんだっけ？」

ちょっと脱線した。衛藤樹理は制服をそのまま着ていても隠せない、美しいプロポーションをしていると言おうとしたのだった。それだけ言うために、ずいぶん遠回りをしているような気がする。

ぼくは特別目立つタイプでもないから、女の子との交際経験もない。衛藤樹理はぼくと真逆のタイプなので、もてまくった。ただし、彼女が人から好かれるのは前述のような見てくれだけのことではない。

三年生になった。そこでクラス委員を選ぶことになったのだが、女子は樹理にすぐ決まった。毎年推挙されているので断ることもあきらめているようだった。

そこで、例年にはない発言を彼女はした。

「今年のクラス委員をお引き受けするに当たって、一つだけお願いがあります」

（なんだろ、なにか問題視していることがあって、みんなにあらかじめ善処すると約束させたいとか）

彼女は胸を張り不敵な笑みで両掌を背中で組んでいる。いずれにしても、クラス一同に対して堂々とした態度だった。

「男子のクラス委員は、門田木路未央くんにお願いしたいと思います」

「ふーん、ぼくね……って!?」

あまりに自然な声音なので最初はみんな聞き流し、誰も疑問を抱かなかった。しかし、徐々にクラスがざわついていく。そこここで顔を見合わせた。男子も女子も、その次に振り返ってぼくを見た。ぼくもあたふたしてみんなの顔を見返した。

（どういうことだ？）

言われなくてもみんなの言いたいことがわかる。ぼくも同じ感想だったからだ。

「門田木くん、どうでしょうか？」

みんなの奇異な視線はものともせず、彼女がぼくに同意を求める。

「どうって……言われても？」

みんなもぼくがどう返答するのかを見守っていた。

「だめですか？」

「いえ、そんなことはないです」

ぼくはブンブンと首を横に振った。

「じゃあ、いいんですね」

ヒューッ。誰かが口笛を吹いた。

「ジュリー！　どういうことだよ？」

今度は男子から非難めいた声が上がる。視線が好奇的なものから、敵意まじりのものに変わっていく。

「静まれーおまえらー、荒ぶるなー！」

クラスのざわめきは隣のクラスにまで響き渡る騒音と化していた。傍観していた担任教師が、見過ごすことができずに立ち上がった。

担任教師が咳払いを一つしてから、樹理に尋ねた。

「それにしても……なんだー衛藤、門田木に一緒に手伝って欲しいというのはなにか理由でもあるのか？」

樹理の回答を期待して、クラス中が固唾を呑んで見守る。樹理は物怖じせず答えた。

「門田木くんを指名する合理的な理由はあります。一緒にクラス委員の仕事をする男子としては、彼にお願いしたときにわたしが一番楽ができそうだからです」

なんてことはない答えだった。クラスがどっと沸いた。この一言でみんな納得した。

「言われてみればそうだな。どうだやるか、門田木？　それとも誰か立候補するか」

こう言われて他に立候補する者などいるはずがない。

「門田木、やるなら前へ出て挨拶しろ」

教師に促されて、ぼくは樹理の隣に立った。しかし、なにを言うべきか気のきいた言葉が思いつかない。

「では、ご指名を受けましたので、クラス委員を引き受けます。衛藤さん……の足を引っ張らないようにやりますので、よろしくお願いします」

ぼくは思わず樹理に頭を下げたが、顔を上げると彼女は掌をクラスに向けている。「クラス委員なんだから、挨拶する相手がちがうでしょ」という意味だ。もう一度九〇度回って頭を垂れた。

クラス委員の仕事はそんなに多くはないから、部活動と両立できる。学校行事や生徒会にクラス代表で顔を出したり、そこでのことをクラスに報告したりとかそんなところだ。

「あーあ、樹理が役員やってくれたらもっと楽しいのになあ」

他の役員に聞かれないところで、生徒会長がぼやくことも多かった。会長も樹理とは親しかったが、本人が役員に立候補したがらなかったので仕方ない。立候補したら多分、樹理が生徒会長になっていただろう。

ぼくが衛藤樹理と一緒にクラス委員をやることになったことを報告すると、樹梨亜は鳩が豆鉄砲を食らったような顔をして聞いていた。

「それがさー、彼女がぜひ、ぼくといっしょに委員をしたいって言うからね、いやまいっちゃうな」

ぼくは自慢げに話していたが、彼女はあまりいい気がしないようだった。

「おかしいよ、それ。衛藤先輩がわざわざロミとつるみたがるなんて」

「きみは失礼だな。有能に見えたから選ばれただけだ」

そう言うと少し納得した様子だった。

「まあ、たしかにロミが相棒なら仕事はきちんとしてくれそうだよね。うん、そうね。それ以外に理由はないわ」

「やっぱり失礼だ。これを機会に恋愛関係に発展するかもしれないだろ」

「ないわー。あんなにもてる人がロミなんか眼中に入るわけないわ」

むかつく言い方だが、ぼくも心の奥では同意していた。期待するものもあったが、まるで経験値がちがう。彼女はきっと恋愛経験も豊富なのだろう。ぼくには太刀打ちできそうにない。

「衛藤先輩ってさー、いつもちがう男の人と一緒にいるもんね」

「よく見てるな。しかし、そういう言葉はおまえから聞きたくない。鏡を見てみろ。いま、すごく性格の悪そうな顔してるぞ」

樹梨亜は、はっとなにかに気づいたように、部屋に一枚だけある鏡の前に走った。

しかし、恋愛感情抜きにしても衛藤樹理は、尊敬できる部分が多々ある女性だ。みんなが好きになるのは、下心ばかりではない。

だからぼくは、あまり大それた期待をせずに彼女の助けになれるよう気を配った。

ぼくがクラス委員になってから、彼女は文芸部にも顔を出すようになった。

「クラスで二人だけ残って話していると冷やかされるから、あ、迷惑だった？」

「そんなことありません！」

部員一同が歓迎した。ひとたび、話をし出すと女性慣れしていない部員たちも、しきりに彼女へ話しかけるようになった。彼女には人の心の壁を突き崩す力があるのだ。

部活前のちょっとした時間を使って打ち合わせをしたり、テニス部の練習が終わるまでぼくは部室で小説を書いたりした。他の部員が帰っても、テニス部の練習終了に合わせた。

古い部室棟から離れて科学棟が見える。そろそろ夕暮れ時で、部室棟の窓に明かりが灯る。

真新しい三階建ての建物は、樹梨亜の入学に合わせるように建設された。実際、その通りだった。伯父が建設費用を寄付した、樹梨亜のためのラボだ。彼女が所属するスーパーサイエンス部の生徒しか入館することもできない。よくまあ、そんな運用が認められたものだ。生徒会は学校側に抗議したこともあるらしいが、スーパーサイエンス部が生徒会から分配される活動費を受け取っていないので、矛を収めたようだ。

クラス委員の用事にかこつければ、衛藤樹理と下校時間を合わせてともに帰ることもできたのだが、ぼくは樹梨亜を家に送ることを優先していた。我が一族のプリンセスだからね。

「練習終わったよ、なにかある?」

用があれば、少し話をすることもある。雑用はぼくが済ませておいた。ぼくをクラス委員の相方に指名した彼女の目論見はおおむねうまくいっているようだ。

にも関わらず衛藤樹理は、テニス部の活動が終わると必ず顔を出してくれる。

多少、帰りが遅くなっても彼女は友だちが多いから一人になることはない。つかず離れずだが、だいぶ親しく話すことができるようになっていた。

信じられないことに、交際は彼女から申し込まれた。

予兆はあった。純粋なクラス委員の仕事の相談以外にも、くだけた話題を振られることも多くなっていた。部室で二人きりで話していたときのことだ。

彼女とはふつうの友だちのように接することができるようになっていたが、ぼくは心のどこかで自分を戒めることを忘れなかった。彼女は誰にでも愛想がいいのだ。いいや、そんな言葉では説明できない人間的な深みがある。

衛藤樹理は誰に対しても偏見を抱かない、誰の言葉もおろそかにしない。相手が口下手であっても、じっとその言葉を最後まで聞いて、言いたかったであろう心情を汲む。

能弁な人間はいくらでもいる。ぼくも四苦八苦して小説を書いているが、カフェやファミレスに行けば、大声でおしゃべりに興じている人間を観察することができる。まるで言葉の魔術師のようにも思えた。即興でいくらでも言葉が出てきて、それらがすべて構成が練られ、オチのある話なのだった。数時間のおしゃべりを文字起こしするだけで本一冊になりそうな勢いだ。

でも、よく聞いてみると、まったく仲間うちで話がかみ合っていないのに、ひたすら爆笑して大盛り上がりしていることもある。よくわからないものだ。

そういうわけで、おしゃべりが得意な人間はたくさんいるし、おもしろいことを話す人間も大勢いる。だから、お笑い芸人になりたいという若者が多いのも納得の話だ。才能ある人間が大勢いるから競争率は高いだろうが。

それでもぼくは思う。現代社会において本当に貴重なのは、人の心の中を慮《おもんぱか》ることのできる人間なのではないか、と。さきほど、衛藤樹理の容姿の美しさを褒め称えたが、彼女が単に美人だからでは収まらないカリスマ的人気を持っているのは、常に余裕を持って人の言葉に耳を傾けてくれるからなのだろう。彼女と話していると、誰もが救われた気持ちになる。

当然、勘ちがいしそうになる男も多かったが、彼女はそういう人であることがよく知られているので理性が思いとどまらせる。ぼくの心に芽生えつつある気持ちも表に出してはならないと思っていたのだが、

「門田木くんってさー、どんな女の子が好きなの？」

藪からスティック。脈絡もなく尋ねられたことがあった。

「えっ、あっ、あのっ、いやー、どうかな？　決まったタイプはないよ」

質問に質問で返すことはしないようにしている。彼女はそれ以上、根掘り葉掘り聞かなかった。でも、それだけで彼女は欲しい情報を全て手に入れていたのだろう。

ぼくは女慣れしていない男ではあったが、小説を書くようになってから、文章を書くだけでなく会話においても話題の引き出しが増えたように思える。

「衛藤さんは、どんなタイプが好きなの？」

以前から、こういう話を彼女としてみたかったのだ。相手から思わぬチャンスを与えてくれた。

「え？」っと、衛藤樹理はめずらしく戸惑いを見せたが、すぐに優雅な仕草にもどって、人差し指を自分の唇に当てた。

「ぼくも答えたのだから、教えてよ」

「わたしは門田木くんみたいなタイプがいいかな」

ドキンと身体の内奥から大きな音がした。そしてすぐに、なにか聞きまちがいだろうと思った。

「あぶないなー、そんなこと気軽に言ったらストーカーや勘ちがいする奴が続出するんじゃないの？　よくいままで騒ぎにならないね」

いま部室にはぼくらが二人いるだけ。だけど真に受けるには、現実味がなさすぎた。

「誰にでもこんなこと言わないわ。いいえ、初めてよ。実を言うとね、門田木くんってわたしの初恋の人に似ているの」

（まさか、冗談じゃないのか）

衛藤樹理は、こういうことで人をからかうタイプでもないはずだ。告白されるのは日常茶飯事だが、きちんと話を聞いて、きちんと断るという評判だ。

「できれば、もう少しあなたのことをよく知りたいと思っているわ」

「初恋の人……ってどんな人なのかな。あの、衛藤さん、ぼくのどこが気に入ったの？」

「ジュリでいいよ」

放課後の教室、ぼくは顔を真っ赤にして尋ねた。

「うふふ。ちゃんとね、見てる人は見てるんだよ」

「いや、ぼくなんて女子の友だち少ないし、なにがなんだか」

「オタク友だちとつるんでいる方が楽しい？」

「いや、べつにそういうわけじゃないけどさ」

ぼくはクラスで目立たない方だが、対照的に彼女はどこにいても脚光を浴びる。

衛藤樹理という名前から、みんなは彼女のことを「ジュリ」あるいは「ジュリエット」というニックネームで呼ぶ。とても華のある女の子で、ぼくとは対照的だ。

「えとうさ……樹理、どうしてぼくと付き合いたいのさ？　いろんな人から交際申し込まれているんだろう？」

こんな台詞をクラスのマドンナに発していることを知られたら、ぼくは男子たちにたこなぐりにされるかもしれない。

「べつにだれかと付き合いたいから、あなたを選んだわけじゃないし」

「それはそうだろうけど」

「自分が気に入った人が告白してきてくれるのを待つよりも、自分からアプローチしなきゃ、時間のムダだわ」

ぼくよりも、よほど男らしい発想だった。こうしてぼくと衛藤樹理との交際は始まった。

そのときのぼくは気づいていなかった。窓の外の夕闇にまぎれるように、小型のホバークラフト様の機械が宙に浮いていたことを。そして四つのプロペラを持つ機体には高性能のデジタルカメラが搭載されていて、ぼくらにフォーカスを絞っていたのだ。

樹梨亜を問い詰めようと学校へ向かったぼくだったが、考えるのは樹理のことばかりだった。やがて、校門前に着く。グラウンドではいくつかの運動部が練習をしていた。その脇を抜けて、部室棟へ向かう。

スーパーサイエンス部専用部室棟、正式名称は「科学棟」。他の部室とちがって、入り口にセキュリティがある。

「入るの、初めてだったな。鍵はどうなってるんだ？」

鍵穴もノブもない。非接触式ＩＤリーダーがついていることは理解できた。大学生になると学生証はカードになるそうだが、ぼくらは生徒手帳を使っていた。

「暗証番号を押すボタンでもあれば、樹梨亜の誕生日を試してみるんだが」

覗きこんでいると、ぼくの顔にさっと赤い光が射した。

「なんだ？」まぶしい明るさではなかったが、顔を引っ込めると同時にカチャリと鍵の開く音がした。

「まさか、網膜を認識したのか。映画でよくあるやつか、ハイテクだな」

屋内に入る。科学棟には窓がない、そう思っていた。向かって右手の壁面にソーラーパネルがついていて、これがマジックミラーのように外からは内部が見えないが内側からは外の景色が見えるのだった。そして本来のソーラーパネルの機能も有しているようだ。ガラスの中に半導体の回路が埋め込まれているのがわかる。

通路の左手、一階は倉庫のようだ。エレベーターを使わず階段を上る。二階は工房のようだが、青緑の遮光ガラス越しでは内部が暗くて見えない。

「ここにはいない。三階か」

賑やかな声が聞こえた。二階同様の窓に内部の光が漏れている。そっと覗きこむ。

「一人、二人……五人か」

スーパーサイエンス部自体は昔から存在していた。ぼくの同級生にも部員はいた。いまは姿が見えない。白衣を着て背中合わせに実験器具を操作していた。

伝統的にスーパーサイエンス部は女性ばかりが所属している。この実験室は、高校の理科教室に似たレイアウトである。家庭科教室のようにも見えて、まるで食品会社が新商品の開発をしているかのようでもある。

ぼくが気になるのは、樹理が弄んでいる数本の試験管。中身を考えると顔が引きつる。

（あれは、まさか……うっ、考えたくないがこうしていてもらちが明かない）

エントランス同様にドアのセキュリティキーの前に立つ。あっさりと解錠された。ドアを開けてからノックした。女子部員たちが一斉に振り返る。

「ロミ！　どうしてここに？」

「『どうしてここに？』じゃねーだろ！」

ぼくは少し語気を強めた。この部屋にいるのは下級生たちばかりのようだ。見覚えがある。奥にいた樹梨亜とぼくの間でおろおろと顔を見合わせている。この子たちは、樹梨亜がぼくにしたことを知っているのだろうか。

「あ、あの門田木先輩、とりあえず座ってください。いま、コーヒーを淹れますから」

事情を知っているのか知らないのかわからない下級生たちの前で樹梨亜を問い詰めたくない。とりあえず、勧められた席に座る。ポニーテールの女の子が髪留めをほどいた。

「うん？　きみ、なにをするんだ」

「なにって、コーヒーを淹れるんですよ」

(それがなにか？) と言わんばかりに、銀色のヘルメットをかぶる。バイザーを下げると飛行機のパイロットか宇宙飛行士のようだ。ヘルメットからは三本のケーブルが伸びている。その先を目でたどると、見覚えのあるようなないような機械が。

「それ、もしかしてうちの会社の機械？　家族だけの工場見学で一度だけ見せてもらった物に似てるけど」

「量子レーザー発振用意」

サイフォンに入る前のコーヒー豆が、「マシーン」に投入されていく。

「動いているところを初めて見た。この機械、持ち出してよかったのか？　企業秘密だろ」

「ロミもバイザーかぶって」

樹梨亜がぼくにサングラスを渡す。いくらなんでもコーヒー豆を炒るのに大げさすぎる。

「これ、どういう原理なんだ？　おまえ昔この機械のむき出しの基板を自作してたよな。夏休みの工作で」

「おいしくなーれ、おいしくなーれ」

ヘルメットをかぶった、先ほどのポニテの女の子が呪文を唱える。

「ロミ、量子力学ってわかる？」

「あの、観測者の存在によって実験結果が変化するとかいうオカルトみたいな理屈だろ」

「シュレディンガーの猫って有名な思考実験があって、箱の中に猫がいて箱を開けてみないと、その猫は生きているか死んでいるかわからないという状態であり続けるというもの。コーヒーも同じことで、飲んでみるまで美味しいかどうかわからないわ。それを観測者の思念をレーザーの波長に変換することで、コーヒーの味を『美味しい』という結果に確定させるのがこの装置の仕組みなの」

読者のみなさんへ、本作品はフィクションであり実在の研究者や科学考証とは関係ないことを申し添えておきます。

「……よく特許取れたな」

「見て、そろそろできるわ」

樹梨亜の言葉とともに、マシーンのボディに亀裂が入り、内部から光が漏れた。壊れたのかと思ったがそうではない。幾何学模様にせり出した部分が回転を始める。どう見てもミルメーカーの動きではない。

「パズル状に変形する機構を付けたの、かっこいいでしょ？」

「コーヒーを作るというより、異世界から魔導師でも召喚しそうだな」

チーン。三分後、思わず脱力する音とともに、コーヒー豆が粉状に挽かれて機械から出てきた。芳醇な香りがラボに広がる。思わず怒りも静まりかける。芸人の食事レポートなら、「これまちがいないやつですやん」とか言うのだろう。

ポットを高く掲げる我が家の秘伝。それを樹梨亜から部員たちも伝授されたようだ。

「……おいしくなーれ、おいしくなーれ、にゃんにゃん」

（いや、それちがう。それメイドカフェの淹れ方だろ）

「さあ、珈琲が入りましたよ、路未央先輩、ささっどうぞ」

いつの間にか猫耳のカチューシャをつけている部員たち。とりあえず全員が席に着き、コーヒーを味わう。「マシーン」はすごい発明だった。

「豆自体は安物なのにな……って、そろそろ本題に入りたいんだが、二人きりで話そうか」

「あ、あの、門田木先輩、部長を、樹梨亜を責めないでください。これはわたしたちみんなで始めたことなんです。わたしたち、病気で苦しむ人たちを助けたくて人間の臓器を人工

的に作る研究をしていたんです。でも論文が先生や学術誌に相手にされなかったから、論より証拠で万能細胞を作ろうって決めたんです。そうしたら、先輩が……」

「臓器って移植用の？　高校生にそんなことできるわけないだろ」

「わたしたちスーパーサイエンス部に不可能はないわ！」

樹梨亜がありもしない胸を張って高らかに宣言した。彼女ならいつかは実現するかもしれない。人類に福音をもたらすのかもしれない。

「それにねえ、路未央先輩が悪いのよねえ」

部員たちが相槌を打っている。

（そういえばさっき、「先輩が」って言いかけたな。あれ、ぼくのことか？）

「ぼくがなんだってんだ？」

「樹梨亜部長というものがありながら、衛藤先輩と浮気してるじゃないですか？」

「ギャー、やめてー」

樹梨亜が飛びついて部員の口をふさごうとしている。

「浮気ってなんだ？　ぼくは真面目に衛藤さんと交際しているぞ」

「ひどーい、さいてー」部員たちからブーイングが起こる。

（なんだ？　なんだ？　なんだ、これは）

樹梨亜と同級生の部員たちもぼくと樹理の交際を知っているようだが、なにか誤解があるようだ。

ぼくらの交際はなぜか翌日から知れ渡っていた。ぼくと樹理が付き合い始めたということは学園のビッグニュースとして知らない者は少ない。さらに彼女の方から交際を申し込んだという事実が、より大きな話題になった。

ぼくは敵もいないが、周囲からちやほやされるタイプではない。ただ、文芸部であることから、なんとなく文化部派閥のように思われているようだ。ぼくの友人たちはあまり無遠慮な質問はしてこない。


（申し込まれたというか、彼女のペースに巻き込まれたというか）

ぼくはまあ、理由がなければ頼まれたことは嫌と言わないタイプだ。冷静になってみると彼女が自分を見初めたことに思い当たることがいくつかある。

（しかし、まさかこれほど好感度を高めていたとは）

衛藤樹理から告白されてぼくは舞い上がっていたが、気持ちの整理をするのに時間がかかった。イエスもノーもあるわけがない。

「ねえ、そろそろわたしのこと、好きになったでしょ？」

「え!?」

彼女ははっきりとした性格の女の子だった。ぐいぐいと押してくる。ぼくの理性もショート寸前だった。衛藤樹理の魔力に抗える男子高校生などいるだろうか、いやいない（反語）。それまでぼくの周囲に女性の影はなかった。そう言うと同性の友人たちは口を尖らせた。

「なに言ってやがる」

「あんな可愛い子と付き合ってるじゃないか」

「？」そう言われても、すぐには誰のことだか思い出せなかった。

「樹梨亜ちゃんだよ」

「……ああ、それはノーカウントだ」

文芸部員たちはどちらかと言うとクラスでイケてないメンツだった。だが、彼らを侮ってはいけない。それぞれが他の人間にはない取り柄を持ったユニークなメンツだった。大手ライトノベル新人賞を受賞して作家デビューしている者もいた。むしろ自分の方こそ彼らの仲間に入れてもらっているという意識が強い。

文芸部員は五人いて、ぼくを除く四人は学年トップ五を独占する秀才グループだ。トップ五のうち、一位は衛藤樹理が名前を連ねている。総合成績で少しランクを下げて、ぼくが続く。

「樹梨亜は妹、みたいなもんだよ」

「われわれの業界ではむしろご褒美です」

「なんの業界だよ！　あっ、ライトノベル業界では確かにご褒美だな」

賢明な読者諸兄には説明の必要はあるまい。

「おれも樹梨亜ちゃんみたいな妹がほしいぜ」

「まあ、従妹なんだけどな。攻略対象にはならないよ。そもそも従妹キャラってあまりクローズアップされないよね。主人公とくっつく作品すら知らない」

西洋の文学作品ではたまにあるけど、どっちかって言うと背徳的で将来の見えない関係だったように思う。国によっては、いとこ同士は近親相姦と見なされ、結婚も許されない。

「たしかに、少数派属性ではあるな。だいたい主人公の嫁の座争奪戦では負け組ヒロインになることが多い。正妻ヒロインには勝てない不遇の身の上と言える」

だいたい日本のアニメや漫画において、従妹というものは幼なじみの代替品というか、同じ立ち位置の一つのバリエーションに過ぎない。そして、幼なじみの女の子はボーイ・ミーツ・ガール作品における運命的な出会いを果たした男女の当て馬にしかなれないことがほとんどだ。

ズキンと胸が痛んだ。樹梨亜はけっして樹理に対する当て馬などではない。ぼくにとってかけがえのない家族だ。

「先輩が樹梨亜を差し置いて他の女にデレデレしてるから、彼女は思いつめてこんなことを」

「ダメ！」樹梨亜がクラスメイトの発言を遮る。

「ふつう、従妹は差し置くだろ。それより、思いつめて？　なにをしたんだ、樹梨亜、答えてくれ」

「な、なにも……べつにふつうに実験をしていた……だけよ」

目が泳いでいる。ギロッと他の部員たちをにらみつけると、みな一様に同じ方向へ視線がそれた。怪しい。しかし、嘘のつけない可愛い後輩たちだった。目線を追うと無菌室のようなガラスケースに、金属製の容器が鎮座ましましていた。

「寸胴？」それは料理用の大鍋にも見えた。業務用のおでんを作れそうな大きさだ。

「樹梨亜、それはなんだ？」

沈黙に耐えられなくなったのか、背の低い小学生と見まちがえそうな部員が代わってぼくに回答した。

「それは万能細胞です。生成に成功しました」

「！……人類の夜明けが来たな。それにしてはまるで鍋料理みたいだが」

これはすごいことだぞ。臓器不全で移植を待つ人たちには培養された臓器による移植ができるようになる。

「臓器移植のハードルはドナーの数が足りないことと、手術後の拒否反応を抑えること。だからドナーは親や兄弟が一番適しているの。でも一番理想的なのは自分の細胞を保存しておいて、そこから培養された自分の体のコピーを使うこと。自分の細胞なら、体が異物として認識しづらくなるわ」

樹梨亜の言葉で、ぼくはピンと来た。

「樹梨亜、やっぱり二人きりで話したいことがある」

「部長が先輩のDNAを採取した件についてっすか？」

生意気そうな、目つきの悪い少女が悪びれもせずに、あごを突き出して言った。

「まとめブログの記事タイトルっぽく言うな。おまえたち、樹梨亜がぼくにしたことを知っているんだな？」

理系女子には恥じらいというものがないのだろうか。もちろん樹梨亜を筆頭として。ニヤニヤ見ている女子もいる。にらみ返すと天井に視線を向けて口笛を吹き始めた。

（樹梨亜がぼくの精液を採取したことを知っていて、よくそんな平然とした顔していられるな、だって、採取するにはその……）

樹梨亜は僕からDNAを採取するときに、なにか器具を使ったんだろうか？　それとも、その……素手で？　それ以前にどうやって「それ」を採取できる状態にしたのか。目を醒ました時の姿から樹梨亜がなにをしたのかを想像したら、まともに女子の顔なんて見れない。

なのに彼女らまじまじと僕を見つめている。羞恥プレイのようだ。ぼくは顔が赤くなりつつ、目を逆三角形にしてギロッと樹梨亜をにらんだ。

「先輩、樹梨亜を責めないであげてください！」

ふだん樹梨亜とよく一緒にいるのを見かけるクラスメイト、夕闇宵子《ゆうやみよいこ》とはぼくも何度か話をすることはあった。樹梨亜の家にもよく来ている。彼女がぼくとの間に割って入った。

「男性のＤＮＡが必要だけど、わたしたち誰も彼氏なんていないから、部長が先輩から採取するなら、なんとかなるんじゃないかとみんなで頼んだんです！」

「なんでそうなる！」

樹梨亜は部長としての責任感からその役目を負ったのか。彼女らしいとも言えるが。

「先輩、頼まれたら断らないって評判ですし―、それにいい思いもしたんでしょ？」

物怖じしない、目つきの悪い女の子、人を挑発するような笑み。この娘だけ、他の子たちと異質な感じがする。他は科学者ならではの天然ボケの性格に見えるが、この子は人を苛立たせる物言いが多い。

「君もスーパーサイエンス部なのか？」

「卯月楓《うづきかえで》っす」

「ぼくは寝ている間に下着を脱がされ……ゴホン、なにも感じていない。それと気軽に言ってくれるが、自分の身になって考えてみろ、寝ている間に体を弄ばれて笑って許せるか？」

「自分なら人類の幸福のためには我慢するっす。あと、男の貞操には価値はないから女の純潔と比較はできないっす」

ぶれないな。それに一理はある。男の貞操には価値がまったくない、というのは言い過ぎだと思うが。

「路未央、ご、めんなさい……わ、わたし」

樹梨亜の瞳から涙が零れおちた。やれやれ、ぼくは頭をかいた。

「実現するかはともかく、なにも人を薬でこん睡させることはないだろう。目的を説明してくれれば、ぼくだって……いや、どうかな」

今日のことが、樹理に知れたら彼女はなんて言うだろう？　ふだんは樹梨亜のことを「可愛い従妹さんね」などと言っているし、仲良くしたがってるように思えた。樹梨亜は樹理がぼくと一緒にいると、気を利かせて席をはずしているようだった。

「そもそもぼくの細胞を培養してどんなデータが得られる。ぼくのクローン人間でも作るつもりだったたか？」

「なんてね」とぼくは肩をすくめてみせた。うん？　なにか雰囲気がおかしい。全員が無言になった。

「う、う、うわーん」

堰を切ったように樹梨亜の嗚咽が子どもの泣き声に変わった。崩れ落ちてぺたんと床に座り込んでいる。久しぶりだな、この泣き方。子どもの頃はよく見た記憶がある。

「どうした、樹梨亜？」ぼくは思わず駆け寄る。膝をついて肩に手をかける。

「先輩は乙女心を理解するべきっす。先輩はここ最近、けっこうな失礼を部長に対して連発してるっす」

（おまえが言うな）とは思ったが、卯月楓は、なにか真実を知っていそうだ。

「先輩が衛藤先輩と交際を始めたことはみんな知ってるっす。あの人に迫られたら路未央先輩がメロメロになるのも仕方ないことだと思うっす。でもその場合、樹梨亜とのことはどうするんすか？」

ぼくと樹梨亜は兄妹のような関係だ。ぼくが衛藤樹理と結婚しようがそれは変わらないだろう。

「樹梨亜は我が家のプリンセスだ。これからも困ったことがあればいつでもぼくが守るつもりだ」

「アイタタタタ」女子たち全員が、天を仰ぐ。

「そう言う人にしては、ここのところ樹梨亜に冷たかったっす。衛藤先輩のことばかりでおろそかにしていたっす。樹梨亜は傷ついていたっす。鈍感なのも罪悪っす」

そうだろうか。そうだったかもしれない。ぼくは衛藤樹理のことばかり最近は考えていた。

しかし、姫に仕える騎士だって、自分の恋人を探す自由はあるはずだ。

「うう……わたし、ロミを家来だなんて思ったことないのに、ひどいよー」

樹梨亜は泣き声が大きくなって床に突っ伏している。

「先輩、だめだめっす」

「そうか、樹梨亜はぼくに兄以上の関係を求めていたのか、それを迷惑に思ってぼくはおまえをお姫様あつかいしていたのだな」

「先輩ほどの男が器量が小さいっす。あと◯ャア・アズナブルのマネしても様になってないっす」

ぼくと楓、ガノタ（ガンダムオタク）にしかわからない会話だろう。とにかく樹梨亜の肩を抱いて椅子に座り直させた。

「樹梨亜、恋はなかなか実らないものだ。ぼくだっていつ樹理に見限られるかわからないが、できるかぎりあがきつづけるつもりだ。おまえも早くいい人を見つけろよ」

ふるふると樹梨亜は首を横に振った。

「わたしはだれの奥さんにもならない。この子を育てることを生きがいにしていくわ」

「？？？」

爆弾発言が飛び出した。ぼくは心臓が止まりそうになった。まさか、ＤＮＡを採取したのって!?　ぼくの子どもを作るつもりか!!

「わたし、女子力では衛藤先輩にはかないそうにない。だから、ロミのクローン人間を作って一緒に生きていこうと思います」

（そんなばかな）ちょっとホッとした。それはまだ実現不可能だろう。いつかやり遂げそうな怖さはあるが、確かクローン人間の作成は法律で禁止されているはずだ。

「樹梨亜の気持ちはうれしいが、どうせすぐに心変わりするよ」

男の場合、恋愛の記憶は別フォルダに保存され、女の場合は上書き保存されるというのは有名な話だ。

「とにかく、ぼくにも人権がある。ぼくの細胞を使って怪しげな実験をするのはやめてほしい」

「そっすね。路末央先輩の精液を採取したことがばれたら、衛藤先輩と破局するかもしれないし」

いちいち癇に障る奴だが、それもありうる。目の付けどころはシャープだ。

「とにかく、今日のことは大目に見るから、ここであったことは全員秘密だぞ、いいな」

部員たちに全ての機器の電源を停止させて、ぼくらは科学棟を後にした。そしてぼくは樹梨亜を連れて帰宅した。母は心配そうな顔で出迎えたが、大丈夫だと答えると息子を信用してくれた。

「樹梨亜、今日はいろいろあったが、もう気にするな」

「無理だよ、ロミが樹理先輩と一緒にいるところを見るだけで心が張り裂けそうだもの」

多くのライトノベルだと、複数のヒロインに囲まれたハーレムエンドも珍しくないが、ぼくにはできない。

「樹梨亜、樹理からぼくを取り返したいのか？」

「だって、本当の路末央をわかっているのはわたしだけだもん。いつかロミは樹理先輩に捨てられるのわかってるもん。それがかわいそうで見てられない」

「おいおい、決めつけるなよ。そりゃ、いまから結婚のことまで考えているわけじゃないけどさ」

「樹理先輩は、千尋先輩のマネをしているロミのことが好きなんだ。それがロミ自身だと思ってるから好きになったけど、いつかきっと気づくもん。樹理先輩が好きなのはロミの中の千尋先輩であって、本当のロミ自身じゃないもん」

「……そんな、ばかな」

絶句した。そこまで見抜いていたとは。うすうす自分でも感じたことがないわけではない。


「理想としては、三人目の男で理想の伴侶に出会いたいわね」

「もう、次の次の男の話?」

樹理はぼくがそんなことではキレたりしないと見込んでいるのだろうが、自分の価値観を隠さずに話してくれた。

「女の子って、理想の男と出会いたいって願望があるけど、一〇代じゃまだ自分の理想の人がどんな人かってわからないでしょ、自分でも思ってもみないような良い人と出会わない限り、理想の男に出会うのは難しいと思うの。『この人こそ運命の人だ』って思っても相手の本質を見誤ったり、良い人だったのに時間が経てば人が変わってしまうかもしれない。

相手に非がなくても、自分自身が変わってしまう。だから、三人目までに理想の男に出会えたら最高ね、ってこれは母の受け売りだけどね」

(樹理のお父さんは何人目だったんだろう？)

「その理想の男が……おまえだといいがな、門田木路未央（キリッ）」

「あ、○ン肉マン好きなんだ？　女の子では珍しいね」

いまのは、完璧超人の○プチューンマンが○ビンマスクに言ったセリフだ。

「ちなみに、一番好きな超人は○ラックホールです」

ぼくは案外、樹理とはうまくやっていけるような気がするんだ。

ぼくが千尋先輩になろうとしているという樹梨亜の指摘は正しい。本当は、人は自分以外のなにかになろうとしてはいけないのかもしれない。偽物でも演じていれば、いつか本物にそん色のない存在になれるかもしれないと思っていた。だけど、本当のぼくを愛してくれるのは樹梨亜だけなのかもしれない。


ぼくはなにも言わずにＰＣに向かった。樹梨亜はいつものようにぼくのベッドの上に座っている。時折、ぐすっと鼻を鳴らすとぼくはティッシュを運んだ。きっとこれからもこの関係は続くのだと彼女に実感してもらえればいい。

これからきっと楽しい時間ばかりではない。世の中はますます混とんとしていくだろう。

ぼくらの幼き時代の庇護者はもういない。こうして小説を書いていてもぼくはいつも思うのだ。ヒーローはもはや物語の中にしかいないのだ、と。
○面ライダーも○ルトラマンもいない。核物質は兵器だけでなく、ぼくらの日常に存在する。東京で災害が起きたら逃げる場所なんてない。助けも来られない。インターネットからダウンロードした仕様書で銃も毒薬も爆薬も作ることができる。軍事用の無人ヘリコプターに近い性能を持つ玩具が店頭で売られている。人を奴隷にしたい願望を持つ企業家がこの国の形を作り変えたがっている。
悪の秘密結社が付け入る隙もない、全個人の競争の時代。

英雄のいない時代に、人々はいかにして平和を得られるのだろう。それは、ぼくたち一人一人が善き人間として日々をたくましく、時には図々しく生きて身近な人間を守る目に見えないネットワークを構築するしかないのではないだろうか。

ぼくが守りたい人はまず二人。樹梨亜と樹理。

「これからの時代、あの人ならどうするかな」

これは自分の心を整理する作業。ぼくは再度、原稿を前にして今日感じたことを書き足していく。

「あの人なら、どこにいてもきっと周りの人を守る最適の選択肢を取るはず」

そう思って、ぼくはもう一度原稿を書き直す。

「千尋・ザ・ブラックナイト」＊1

それはぼくらの前から姿を消してしまった「あの人」のお話。

＊1 「千尋・ザ・ブラックナイト」林檎プロモーション・フェザー文庫から好評発売中です。

空調戦争

コルボ

プロフィール
＊「小説家になろう」で趣味の小説を執筆。短編集には、参加メンバーとの個人的な友誼で参加。

夏。

七月も半ばを過ぎれば、太陽は燦々と降り注ぎアスファルトを焦がす。

じっとしていても汗の噴き出るような日本の夏を、平気で過ごせる人間は珍しい。

こんな時、多くの人間は涼しい場所へと移動する。

映画館やレストラン、或いは喫茶店などで涼む人間も多いが、そんな場所はタダと言うわけにはいかない。世知辛い世の中、何処に行くにもお金がかかる。

出不精な人間は、照り輝く陽光に晒されてまで外に出ることを嫌う。紫外線は我が敵と言わんばかりに家に籠る。だが、自宅に居ても空調機はタダでは動いてくれない。

電力価格高騰の煽りもあって、自宅に引きこもるのにも金が飛んでいくとなれば、貧乏な一人暮らしの大学生などは、空調の効いた学内図書館に逃げ込むのもまた自然な発想である。これならタダで涼めるのだ。

「珍しいな、お前がこんな所に居るなんて」

そんな図書館に、一人の男が来るなりそう言った。

都内某所の大学図書館には、平日昼間といえども人が居ることはさほど珍しくは無い。むしろ平日の昼間であれば、大学生や大学院生が利用する。教職者や研究者が利用するのも珍しいことでは無く、文献を探しに入り浸る人間も多い。

地域の人に開放されていれば、ちょっとした遠出をして図書館めぐりをするより専門的な文献が揃っているために足を運ぶ人も居る。


だが、男が気にしたのは普段は図書館とは縁遠い友人が、一心不乱に本を読んでいたからだ。

友人は、声を掛けられたことで、ようやく男に気付いたらしい。

読みふけっていた本から顔を上げ、軽く背中を丸めたまま顔だけ向けて返事をした。


「よう」

「そんなに本を読み漁ってどうしたんだ。小説家にでもなるつもりか？」

「いや、ちょっと調べもの」


男は思わず外を確認してしまった。

図書館は、本を傷めないように採光は最小限にしている場合が多い。

この大学の図書館も例に洩れず窓の数は限られていて、読書用空間にその窓があった。いや、正しくは窓のある明るい場所を読書スペースとして用意しているのだ。

その窓から見える天気は晴れ。

抜けるような青い空、眩いほどの白い雲。もこもことした夏の雲が、羊のように浮かんでいた。


「どうしたんだよ、いきなり」

「いや、お前が調べものとかいうから、雨でも降るんじゃないかと思ってな」

「失礼な。俺だって図書館で調べ物をすることぐらいある」

「悪かった。ごめん、謝る。で、何を調べていたんだよ」

そう言って男は、友人の読んでいる本を見た。

分厚い本の背表紙。そこに書いてあるのは不粋なタイトル。

「生体構造理論？」

「おう」

「また変なものを読んでいるな」

不勉強を絵に描いたような友人とは似ても似つかないタイトル。専攻は経済の友人が、生体の構造について調べる理由が分からない。

そしてよく見れば、机の上にも何冊か本が重ねてあった。

恐らくは調べ物の途中だったのだろうが、蛍光色に近いカラフルな付箋が幾つかついている。

大学ノートも脇に置いてあり、一生懸命に資料をまとめた、試行錯誤の結果が書き殴ってある。

「機械設計入門、気象予報士の過去問題集、就職活動用の企業研究、家庭の医学。こっちは風水の本。見事に脈略が無いな」

積み上げられた本の題名を読み上げた男は、一見何の脈略も無いようなタイトルの羅列に呆れを見せた。

風水を気にするような殊勝で迷信深い友人では無い。どちらかと言えば、その手の話を鼻で笑うタイプのはずだ。似合わないにもほどがある。

家庭の医学に至ってはもっと分からない。何とかは風邪を引かないと言うんだっけか、と男は埒も無いことを考える。実際、友人がこんな簡易医学書を引っ張り出すほど不健康には見えない。若さと元気が溢れんばかりの年頃である。

今の日本でこの手の医学書を一番必要としていない部類の人間だ。

機械設計と就職活動なら、まだ繋がりがあるかもしれない。機械系や電機メーカーにでも就職を考えているのなら、それを調べるのはあり得る話だ。

昨今は企業の採用活動も多様化していると聞く。寡聞にして知らないだけで、もしかしたら就職試験で気象予報士の問題でも出す企業が有るのかもしれない。

家庭の医学はそれに使うのだろうか。

「何処の企業研究だ？」

そう男が聞いたのも、自然な流れ。

積み上げられた本の一冊に、企業研究が入っていれば内容が気になった。

企業研究とは、就職活動に際して必要な情報を調べておくこと。自分が行きたい業界の動向であったり、就職したい企業の内情を先輩に聞いたりする活動を総称した言葉だ。大抵何処の大学でも就職活動期の学生の間で盛んに行われる活動の事であり、その半分は優しさと愚痴で出来ている。

ぱらぱらとめくってみると、どうやら電機メーカーの企業研究のようだった。誰でも聞いたことがあるような有名どころの企業と、その動向や業績が纏められていて、就職活動をする人間にはバイブルにもなるだろう。

「電機メーカーにでも就職するのか？」

「そんなわけないだろう」

即答。

男が推測した電機メーカーへの就職という答えは、友人にとっては不正解だったらしい。

「じゃあ何で電機メーカーの本なんて読んでいるんだよ」

「実はな、今俺は戦争に巻き込まれている」

「はぁ？」

お前、頭は大丈夫か、と言おうとした言葉を、男はぐっと飲み込んだ。

普段は絶対にしない図書館籠りまでして調べていることだ。それぐらい只ならぬ事態と言う事なのだろう。

近頃では外国でもきな臭い動きが頻発しているとニュースでも流れている。

戦争というのも、あながち遠い話ではない。

平和ボケと言われる日本人であればピンとこないものではあるが、それだけに友人が何か恐ろしい陰謀に巻き込まれているのかも知れない。

「それはなかなか聞き捨てならない物騒な話だな。戦争？」

「そうだ。戦争だ」

「詳しく聞かせろ。一体何事だ」

そう言って、男は友人に問いただした。

酷く真剣な面持ちで、友人は語る。


「実は、この間の話なんだが」

「おう」

「俺はコンビニでアイスを買って自分の部屋に帰る所だった。ほら、あの猛暑日を記録した日だよ」

「ああ、あのヒゲ教授が暑さで倒れた日な」


二人の言う日とは、日本各地で猛暑となった日のことであり、その日は大学内でも何人か熱中症で倒れる人間が出た。

そのうちの一人が経済学部の教授であり、友人にとっては直に講義を受ける相手である。その教授は、見事な髭を蓄えている。常日頃からそれを自慢する為に、ついた仇名が何の捻りも無い〝ヒゲ教授〟だった。

その髭のせいで熱が籠って倒れたに違いない、とその日は話題になった。

今日もそれに負けず劣らずの酷暑であり、その為に空調の効いたこの図書館は日頃よりも人口密度が増している。

友人と同じく一人暮らしの彼にとっても、無料で涼めるのはやはりありがたい。

「アイスをガリガリと齧りながら家に帰り着いた俺は、その時点で汗だくだった」

「まあそうだろうな」

道路で目玉焼きが焼けそうな猛暑ともなれば、コンビニから下宿先までの僅かな道のりであっても、汗をかくのはあり得る話。むしろ健康な大学生ともなれば新陳代謝も活発であり当たり前と言える。汗をかかない方が不健康だ。

「そして部屋に入ったところで、俺はとんでもない事実に気付いた」

「何があった」

ここからが本題か、と身を乗り出す男。

空調が効いているはずなのに、たらりと汗が頬を伝った。

「なんと、俺の部屋で」

「お前の部屋で？」

「クーラーが滅茶苦茶効いていた」

「なっ」

思わず大声を上げそうになり、ここが図書館である事を思い出した男は、声を落として友人に詰め寄る。

「お前、そんな下らないことで大袈裟な」

「下らないとは何だ。お前は俺が寒がりなのを知っているだろう」

「ああ、そう言えば」

友人は寒がり屋である。

その事実は男も十分知っている事だ。

冷え性の気があり、冬はこたつに入ったまま出てこないこともしばしばである。

一説には、冬の間に繁殖するコタツムリという新種ではないかとも言われている。

殻の如くこたつを背負い、部屋の中を移動するのにすらじりじりと、こたつごと移動する様から名づけられた。

寒風が吹けば遅刻して、雪が降ったら休むという、生粋の南国精神。

何が重要で何が些末な事かは、人によって違う。

靴下を右から履くことが重要だと考える人間も居れば、恋人の誕生日をアルバイトよりも重要視する人間も居る。

もしかしたら、友人にとっては空調が効いていたことは重要な事なのかもしれない。

だがそれにしても、戦争とまで言ってのける重要事とは思えなかった。

「大体、それのどこがとんでもない事実なんだ。単にクーラーを切り忘れて出かけていただけだろう。よくある話だ」

よくある話、と男は言った。

実際、世の中で一人暮らしをしていて空調を切り忘れた経験の無い人間の方が少数派であると男は知っていた。

月極のアパートの中には、それを防ぐために時間制限のある空調を導入している所もあるほどで、如何に切り忘れた空調が無駄な浪費になっているかは言葉にするまでも無い。

そこでふと思い当たる。

もしかしたら、友人はその浪費と経済効果について、研究に目覚めたのだろうか。

経済を学問として学ぶ人間であれば、社会における人間の行動と経済活動の繋がりを調べるのは立派な事だ。

年間どれほどの空調が無駄に使われているか知る。それは一つの知見として価値を持つだろう。

なるほど、彼が戦争と表現するに足るだけの問題提起があれば、それについて調べるのも確かに戦いと言えるのかもしれない。

ノーベル平和賞を取ったケニアの女性に、ワンガリ・マータイと言う人が居た。

もったいない、という言葉を世界に広めた女性研究者で、彼女は自著の中で数々のもったいないを指摘している。

使われずに捨てられる工業製品、食べられることなく捨てられていく食品、費やされるだけの軍事費。

そうしたものの新たな一ページを、友人が書き加えようとしている。

これは戦争と呼ぶにふさわしい戦いなのだろう。

そう考えた男が、友人を見直したのもつかの間。

「いや、俺が消し忘れていたわけじゃない。先に帰っていた彼女が付けていたんだ」

「お前、恋人が居たのか」

男は驚いた。

友人は引きこもり体質。

部屋から出るのは、下手をすれば講義の時だけと言い張りそうな出不精。

だからこそ図書館で見つけた時には珍しいこともあると思ったわけで、人との接点なんて活動的で社交的な人間に比べれば皆無と言えるはずだ。

そんな友人に彼女が居た。

驚かずにいられるだろうか。

「そりゃ居るさ。で、その彼女がクーラーを、目いっぱい温度を下げて付けていたわけ」

「それで？」

「汗だくで帰ってきて、俺は夏に凍え死ぬかと思った」

「そりゃまあそうなるだろ」


そもそも人は何故汗をかくかといえば、暑いからだ。汗を出し、その水分が蒸発する時に身体から熱を奪っていく。汗とは身体を冷やすための防御反応だ。

そんな状態で、十二分に冷房の効いた部屋に入れば、寒くもなる。何もしてなくても涼しい状態で、更に体温を下げようとするのだ。友人が凍えると表現するのも納得できる。


「俺は怒ったね。幾ら外が暑いからといって、冷房をかけすぎだと」

「気持ちは分からんでも無い」

「そうしたら彼女が言ったんだよ」

「何て？」

「『外が異常に暑いんだから、これぐらい普通よ』って」

「その気持ちも、分からんでも無い」


記録的な猛暑、となれば、冷房を掛けないというのは難しい。

熱中症で死者まで出そうな中にあっては、文字通り命に係わる。

異常なほどに暑いのだから、異常なほどに冷房をかける、という理屈も無くは無い。

男はどちらかと言えば冷房をきつめにかける方だから、友人の彼女の言い分の方が分かる気がした。


「冷房温度を上げたい俺と、出来る事ならもっと下げたいと言い出す彼女だ。そりゃもう大喧嘩さ」

「くっだらない」

「何だと。この夏を快適に過ごせるかどうかの瀬戸際。俺にとっては絶対に譲れない大問題だ」

「それで、結局どうなった」

「だから戦争だよ。お互いに妥協の出来ない問題を解決するには、実力を持ってこれに当たるしかない。学生の実力行使とは、言論と論理による闘争だ。だから俺は徹底的に理論武装してやるんだ」

そう言って、また本を読みだした友人。

今度読みだしたのは心理学の本だ。

「俺にはさっぱりわからん。空調の温度で喧嘩して、何で心理学になるんだ？」

「あいつの方から温度を上げさせるように、心理面からの研究だ。見ろ、それっぽいことが書いてある。なになに、相手に肯定的な返答をさせる為には、答えが肯定的であると明らかな質問を連続して答えさせた後に質問すると良い。これをＹＥＳのメンタルセットと呼ぶ。なるほどなるほど」

「おい、段々方向性が怪しくなってきたぞ。そもそも、何で空調の温度を上げさせるために、生体構造理論なんぞ読んでいたんだ」

「俺が寒いと感じる理由を説明するためにだ」

「じゃあ機械設計は？」

「空調機の内部構造を調べていたんだ」

「風水ってのはクーラーに関係ないだろう」

「色彩学を研究していた時についでに持ってきたんだよ。暖色系ってのがあるらしいぞ。ちなみにオレンジだと食欲増進効果があるらしい」

「どうでもいいわい、そんなこと」

男は、再び呆れた。

さっきの尊敬は風と共に去った。


「ところで」

「あん？」

「さっきからお前の携帯が光っているんだが、その彼女からの呼び出しじゃないのか？」

「え？　しまった、図書館だからとバイブレーションも切っていたのを忘れていた」

そう言って携帯電話を取り出す友人。

そう言えば、と男は友人がスマートフォンに替えている事実に気付く。

携帯なんて連絡してくるのは自分くらいだからと、かなり長い間ガラパゴス携帯だったはずだ。

今思えば、妙に浮かれていた時期があった、と思いだす。

「よし、それじゃあ行ってくるか」

24
理論

携帯のメールを読み終えた友人は、顔つきを変えた。

「何処に行くんだ？」

「勿論、戦いにだよ」

馬鹿らしい戦いもあったものだ、と、男は思う。

口に出さなかっただけ、まだ分別があったのだろう。

本人は至極真面目にやっているのだろうが、傍から見れば単なる痴話喧嘩である。

図書館から、意気揚々と出陣していった友人を見送った男は呟いた。

「おあついことで」

猛暑の一日はこうして過ぎていく。

放課後の忘れ物

黒作

プロフィール

＊　２００７年から自分のホームページでオリジナルファンタジー小説を掲載開始。
投稿型小説サイト「小説家になろう」に「あめおんな、恋をする」を掲載したのをきっかけに、フリーダムノベルにて同小説を書籍化。

＊　好きなものはオンラインゲーム、友人とのオリジナルＴＲＰＧ、洋画、刑事ドラマ、犬。
書くのが好きなのは、ファンタジー恋愛、現代恋愛です。

とりあえず、電気の通ってない村やばい。

「あ……圧倒的迫力……」

「もう、帰っていいと思う……」

後ろを歩く春田の力ない声に内心同意。

でも、さすがに着いて一分で帰るのは。いや、この思考はフラグじゃないのか。

ただいま人生初の肝試し中。事の起こりは、今日の昼のこと。

◇

勤続三年、勤め先の工場から初めてまとまった夏休みをもらった。理由が両親の旅行中、実家の飼い犬の面倒を見るためってのが、情けないけど俺らしい。

でも俺の場合、まとまった休みより、最低でも週に一度必ず休みがあることのほうが重要だったりする。

小説書くのが趣味で、他に特に楽しみのない俺にとっては、定期的に休みをとって小説を書くことは、息抜きじゃなくて息継ぎだ。

今の工場に転職したのもそこらへんに理由があって、前職は俺には忙し過ぎた。いろいろ資格とんなきゃいけないいんだけど、そこまで頭も要領もよくない俺は仕事以外のプライベート全部を勉強にあてなきゃならず、家に帰って勉強、休みの日も勉強の生活に、一年もたずに退職願を書いた。

いやー、あのときの息ができてない感やばかった。ちなみに辞表ってのは役職にある人が書くんだよ、って教えられたのが前職最後の勉強でした。

親戚には情けないって首振られたりもして、自分でもわりとそう思う。でもやっぱ全然無理だったよね。こういう人間もいるんですってことでひとつ。親がうるさく言わないでくれたのはありがたかった。

さて、そんなわけで小説書くって俺にはかなり重要なことなんだけど、だからといって上手いわけじゃない。むしろ下手の域で、自分の小説を誰でも読めるネットの大型小説投稿サイトに公開してるものの、あんま読まれてないし感想ももらったことがない。

……いや、感想は、もらってるっちゃもらってるんだけども。

スマホから、ぽえーん、と間抜けた通知音が響いた。

俺に寄せられたメッセージを一瞥。思わず眉間に皺が寄る。

『金色読んだ。なんでおまえの話ってなんにも起きないの？』

まただよ。苛立ちに任せて、親指をすべらせて返信を打ち込む。

『いつも同じ感想をどうも』

相手は中学時代の同級生で、唯一の小説仲間。ペンネームは独ノ介《どくのすけ》。

誰も読まないような俺の小説を読んでは、毎度同じような感想を送ってくる。ちなみに金色ってのは「金色の鬼の塔」、最近俺が書き上げた長編和風ファンタジー。

『てか、なにも起きてなくないだろ！　鬼がんばったろ！』

『鬼が塔降り始めたとこはちょっと期待上がったけど、結局そのまま終わった』

あー痛い。痛いよー。そうだよ、俺の話はどーも盛り上がんないよ。魔王が国を滅ぼそうが、勇者が姫を救おうが、なんかさらっと終わっちゃうんだよ。印象を残さずに。

『相変わらず描写丁寧すぎてテンポ悪ーし。なんで塔の下の草原に生えてる植物の種類、あんなにいろいろ書くの』

『そりゃ、鬼が塔の上からずっと見てきた風景だから……』

『事務的過ぎて全然伝わんない。図鑑読んでる気分だったわ』

いや、あそこは俺としては！　鬼の目の良さや辛抱強さ、孤独だった時間の長さを表しつつ、空想上の植物を書くことで世界観を広げる、重要な部分で……って、さすがに飲み込む。つまり、重要なら魅力的に書けって話。俺の文章って、絶望的に色気も味気もない。同じこと書いても面白く読ませてくるのが、筆力ってもんな気がする。

『サギ、おまえもっと真剣に書けよな』

かっちーん。これもいつも言われるんだけど、こりずにかっちーん。あ、サギって俺のこと。

『うるせえ！　おまえに批評頼んだ覚えないし、つまんねえなら読まなくていいから！』

『サギってチャットの文でもまじめだよな。そういうまじめさがつまらん』

『は？　チャットの文？』

『ほら、！や？のあとの一字開けとか、三点リーダ必ずふたつ並べるとか』

『き、規則守っちゃ悪いかよ……』

あ、ほんとにリーダふたつ並べてる、俺。予測変換こわい。

『悪いとか悪くないとかじゃねーし。文が与える印象とか場の空気とか考えたことあんの？』

『空気が読めないって言いたいのかな！』

『勘は悪くないのになー』

ほら、人って悪口には敏感だからさ！　あーもう、付き合うな。

『用それだけなら、俺もう出るから』

『どっか行くの？　平日じゃん今日』

『夏休みもらったんだよ。実家帰る』

『うわあ』

『なに』

あ、くそ。切り上げるとか言いつつ聞いてしまった。自分から話切り上げるのって苦手だ。メールとかもそうなんだけど、自分の返信で終わらないと落ち着かなくて、相手が発言するとどうしても返さなきゃいけない気になってってしまう。

『サギ、まさか同窓会いくわけ』

へ？　唐突な話に一瞬驚いて、そういや前にハガキ来てたなって思い出す。往復のやつ。

『忘れてた程度。欠席で返した』

『だよな。サギ友達いないもんな』

『なんでそう刺したがるの？　また小説書けてないの？　だからって暇つぶしに俺のハートを傷つけるのやめて？』

『そうだった。サギ、近くにあるのに、見えてないものってなんだと思う？』

ははは、これまた唐突過ぎてなんかもう。

とはいえ、独ノ介が俺にかまうのは、たいがい自分が書いてる小説に行き詰まったときだ。

『なに、青い鳥？』

『そっからひねっていく』

『じゃ、後ろ頭』

『子供のなぞなぞかよ。もうちょい』

『親の愛情』

『うっせえ見えてるわ公認ニートなめんな。でもちょっと面白い。俺に言うあたりが』

はあ、ありがとうございます。結局乗ってしまった。

独ノ介は俺の中学時代の同級生で、本当に親公認ニートだ。特に働いたりはせずに小説の投稿活動をしている。でっかい賞の最終通過の経験あり、小さい賞は送らない方針らしい。

『そういうの書いてんの？』

『考え中。読みはじめから主人公のそばにあるんだけど、読み終わったら意味や価値が変わってるようなの書きたい』

やだそういうの大好き。って思うのがくやしい。そりゃね、こいつに付き合っちゃう理由なんて、小説の話ができるからだよ。わかってんだよ。

『で、独、おまえ自身の答えは？　どうせ自分でも用意してんだろ？』

『幼なじみ』

『……一瞬なるほどって思ったけど、それ普通によくあるオチなんじゃ』

『俺もそう思う。最初思いついたときはこれだ！　って思ったんだけど』

なんだそりゃ。

『まあ、たまには王道はいいものだ。てことでサギ、幼なじみってどんなもんなの』

『俺に聞くの？　おまえさっき俺になんて言った？』

『サギ、いんだろ。幼なじみ』

『いねーよ、そんな神話生物』

たたきつけるように高速入力。スマホ独特のフリック入力に機種変時こそ戸惑ったものの、こいつとメールチャットするようになったせいで片手入力は異常に速くなった。

独ノ介はなぜか黙った。なんだこいつと思ったら、『え、』とか入れてくる。

『サギ、本気で言ってんの？』

本気ってなにが。それより俺まじで出ないといけないのに。新幹線で帰るんだけど、実家最寄に停まるのは二時間に一本のみ。で、すでに二度寝により最初の予定のは乗り逃がしている。

『おまえ、幼なじみいるだろ。女の』

まだ言うのかよって思って、はたと動きが止まる。あれ？

しばし硬直。で、時計見て、転がってたとこ、うわっと跳ね起きる。まとめてあった荷物を抱えて、家を飛び出した。

新幹線へのホームに昇るエスカレーターって、なんでこんなに長いんだ。久しくやってなかった駆け込み乗車なんてものをやってしまって、息切れやばい。暑いっていうか熱い。

お盆はまだ先だけど、思った以上に混んでいる。自由席車両で最初に見つけた空席にそそくさとおさまったところで、大きく息を吐いた。

で、驚きの事実。確かに俺には幼なじみがいた。それも女子。

隣の家に同い年の女の子が住んでいて、小さい頃ずっと一緒に遊んでいた。小学校か中学校の頃にはもう話さなくなってたと思うけど、そこらへんは完全に霧がかかっている。

こう説明すれば確かに幼なじみなのに、すっかり忘れていたなんて薄情もいいところ。でも特別な理由は本当になくて、そもそも俺、相手をあえて「幼なじみ」だって認識したことがなかったんだ。みんなわりとそんなもんなんじゃないかって訴えたい。

汗が引いたとこで、スマホを取り出す。

『俺、幼なじみいたわ』

『返事おせーよ。てか本気で忘れてたのか、おまえ』

『春田だろ？　俺、幼なじみって思ったことなかったんだよ。おまえだって絶対いるって、小さい頃一緒に遊んでたけど、今はそのこと自体忘れちゃった相手とか』

って俺は春田を忘れてたわけじゃないんだけども、思い出す機会がまったくなくてだな。

『なんかホラーっぽいな。もしくはサイコスリラー。なぜサギは記憶を失ったのか』

『どっちも好きだけど、人の三次元では遊ぶなよって先に言っとく』

『サギ、春田とどんなことして遊んでたの？』

一瞬、なんかいいかがわしい質問だと思ったのは内緒。

『独、すげーわ。全然思い出せない』

『なにがすごいんだよ』

だって。改めて、子供の頃の友達って不思議だ。今の自分じゃ考えられないような相手と平気で遊んでたりするわけで、俺、女の子といったいどんな遊びしてたんだろ？　ずっと一緒にいた印象はある。飯も風呂も寝るのも一緒だったはず。なのに思い出せない。

一緒にいることが当たり前だったような相手でもこんなに忘れられるんだって、正直すっかり感心した。記憶って面白いなあ。

『くそサギ使えねえ。なんかちょっとくらい思い出せよ』

『仕方ないだろ。てか俺、小学校のときの記憶もやばいわ』

断片的なシーンはちらほら浮かんでも、それだけ。

『じゃあサギ、順番に思い出していこうぜ。どっから覚えてんの？　中学は？』

制服の春田と話した記憶はまったくない。名字呼び自体がまったく口が慣れてないし。

それより、ふと別のことを思い出した。

『てかさ、独。肝試し覚えてる？』

『肝試し？』

足元にリュックを置いて足を乗っけながら、座席の背にもたれる。

『ほら、中二の林間学校でおまえ、先生に内緒で企画したろ』

『あー』

独ノ介とは中一のときに友達になったものの、二年に上がると疎遠になった。クラスが離れたうえ、独ノ介のやることがどうにも不良じみてきて、俺がついていけなくなったから。

大人になってまた話すようになってからわかったんだけど、当時の独ノ介は別に悪いことが楽しいとかそういうわけではなかった。物事考えすぎて善悪が一周まわっちゃってたり、好奇心が強過ぎてときどき越えちゃいけないラインを越えてしまった結果だったらしい。でも今もあんまり変わってないから、俺としては今でもときどきこいつがこわくなる。

肝試しの企画もそのひとつだった。

二泊三日の林間学校、ホテルに隣接する山の中に、深夜に肝試しに行こう……なんて誘いが、ノートの切れ端で回されたのだ。文面も思い出せる。

——山の中に廃墟あり。行きたい奴は深夜一時、ホテル一階男子トイレに集合。

肝試しって言葉は使われていなかった。この文章だけでわくわくしてしまうような奴を探していたんだと思う。

俺はその紙を回されたけど、行かなかった。

『独、あれ、結局どうなったんだ？』

新幹線がトンネルに入って、耳が少し痛くなる。一瞬だけ戸惑って、すぐに耳抜きをした。

体は意外と覚えている。

『普通』

『なんだ普通って。あ、行く前に先生に見つかったとか？』

『いんにゃ、行ったよ。あとでバレたけどな』

『行ったの？』

『行った』

『一言で答えんな！　聞いてんだから詳しく話せよ！』

『一言で返してんだからめんどくさいって気づけよ。電話でいい？　打つのさすがにだるい』

少し迷ってから、俺は荷物を持ってデッキに移動した。

電話をかけると、独ノ介は一度目のコールが終わる前に出た。

『話してもいいが、条件がある』

「……なに芝居がかった声だしてんの」

こいつは典型的な愉快犯だ。なにを思いついちゃったんだよ、やな予感ひしひし。

『詳しく話す代わりに、おまえ、春田とあそこに行って来いよ』

「はあ？」

『そんで、俺にその体験談を話すの』

「無理だって。俺、春田と十年以上会ってないんだぞ」

『俺は本気だ。やる気になったら電話しろ』

「ちょ」

切りやがった。

「なんなの……」

てか、無理だし。切られてムカつくし。頭がしがし。

席に戻り、通路側を幸いに、さっと座って眠る姿勢。うん、寝よ寝よ。あいつが電話待ってたって知るもんか。いや、待ってないな。こないならこないで「面倒省けた」って思う奴だ。

腕を組む。もやもやしたままの胸を押さえるみたいに。

◇

——明るい車内で夢を見た。

放課後の教室、白いカーテンが夕焼けを遮って、やわく金色に光っている。

四人の同級生達は影になって顔が見えない。

あいつらは俺の名前を呼ばない。

目を開ける。ほんの少し身じろぎした途端、横から差した夕陽に目を焼かれた。目をしばたかせながら窓を見ると、どこぞの山にオレンジ色の夕陽が落ちていく。俺の様子に気づいたらしく、窓際に座っていたおじさんが気を利かせてブラインドを下ろしてくれた。あわてて会釈したらそっけない会釈が返って、いい人。きゅん。

でももう少しだけ、夕焼けを見たかったかもだけど。

さっきの夢、前にも見たことあるって思い出した。多分何度も。でもいつも忘れて、見るたびにそのことを思い出す。

たったあれだけなのに、目が覚めると胸はむやみにきゅっとする。

当たり前だけど、俺に放課後はもう来ない。

それが悲しいわけじゃないし、戻りたいわけでもないのに、なんでこう、どうしようもないような気分になるんだろう。忘れ物したみたいな。

セピア色って、放課後の夕焼けみたいな色だと思ってた。

すっかり日の落ちた地元の駅に着いたら、景色に感じる懐かしさが予想以上で驚いた。

仕事変えてから一度も帰ってないんだけど、俺、やっぱちょっと避けてたのかなあ。

家路の途中、少しだけ回り道。もう誰もいないと思った中学のグラウンドでは、夜間照明の中でサッカーの練習が行われていた。中学生じゃなくて、地元の社会人チームだ。

フェンスをつかむ。

自分が今、ずいぶん感傷的になっている自覚がある。普段の俺は感情の起伏が激しいほうじゃないし、むしろ鈍いほう。そのほうが生きやすいって繊細な人を見ると思う。

でも、鈍いとだめなのかなあ。小説を書くのなら。

俺の小説は、なんで誰にも読まれないんだろう。

読まれて当たり前とか思ってるわけじゃない。小説って、だいたいの人にとって漫画読むより面倒なもんだし、最後まで読ませること自体、難しいと思ってる。

でも俺は、自分がいいと思うものを、心動かされたものを書こうとしてきたつもりなんだけどなあ。

どうして誰にも伝えられないんだろう。

どうして独ノ介は、俺の小説を「なにも起きない」って言うんだろう。あいつは多分答えを知っている。

今の状態でも、小説を書くのは楽しい。白い紙に文字を組み合わせるだけで、人が住んで、風景ができて、人生みたいなのが発生する作業が、不思議でたまらない。

あのとき、独ノ介がノートの切れ端に書いた言葉に、本当はわくわくした。俺も行きたかった。でも行かなかった。キャラじゃないから。これって結構、本人には重要。

でも独ノ介の書く話は、俺にとってたいてい面白い。悔しいから絶対に言わないけど、あいつに見えている世界は俺と違う。

あのとき、あいつは廃墟に行って、どんな景色を見たんだろう。

中学校に背を向けて、スマホを取り出す。

◇

歩きスマホ、だめ絶対。俺は今、家まであと数メートルのとこで突っ立っている。

「……いいか、いなかったらあきらめろよ！　一応努力はするから」

『そしたら別のもので返せ。覚えとけ、俺が先に話したのは前払いだからな』

なんて押しつけがましい。でも今はいらつける余裕もなく。

「あー緊張する……」

『いいね』

「なにが」

『サギがまじで緊張してるから。まじで声かけるつもりなのがわかる』

嘘つくと思ってたのかよ。ああ、ほんとにいやな汗出てきた。

春田を肝試しに誘う。どんな冗談だ。俺、春田のこと数時間前まで忘れてたのに。この十年で、どんなふうになってるかまったく知らないのに。俺がその気になっていることがなにより不思議だよ。センチメンタルこわい！

『幼なじみちゃん、どう育ってるかな。サギってかわいい系好きそうだよな』

「そういうのやめてください。変に意識したら困るでしょ」

『なにが困るの？　どきどきして話せなくなっちゃうの？』

「そうだよ。好きになっちゃったらどうすんだよ、俺暗示にかかりやすいのに」

電話先で独ノ介が爆笑した。俺も自分でなに言ってんだって思ったけど、でもここってまじめに切実なところでね！

『さあ行け。夜七時、悪い時間じゃない。でもまだ帰ってなかったら、あとでまた行けよ』

「まじで？　一度でいいじゃん！」

思わずでかい声で突っ込んだとこで、隣の家の玄関が開く音がした。めちゃくちゃ驚いて顔を上げると、件の幼なじみがドアを少しだけ開けてこっちを見ていた。不審そうに。


春田。やべーあれ、春田だ。

ひとめでわかってしまった。だってあんまり変わってない。あのパーカーもＴシャツも見覚えがある。って、家で着る服は中学校から同じってこと？　俺もいまだに高校のジャージ着てるけどさあ。いやそんなことはどうでもいい。

思いきり目が合ったまま、そらせずにいると、春田はすうーっとドアを閉めた。

終わった。やばいこれ胸が痛い。一度だけ職質かけられたことあるんだけど、あれと同じ類。

と、金具の音がして、ドアが再び開いた。予想を裏切って春田が外に出てくる。一度ドアを閉めたのはチェーンを外すためだって気づいた。あの音、耳がめちゃくちゃ覚えてるわ。すたすた、春田がこっちにやって来る。足を止め、門扉越しに俺を見上げた。

見覚えのある幼なじみが、面影そのまま大人になっている。

「鷺坂《さぎさか》だよね」

「あ、うん。そう。久しぶ……」

「昼ぐらいに帰ってくるって聞いてたんだけど」

「え？」

「今、夜の七時だよ」

「ちょ、ちょっと出るの遅くなって」

新幹線は結局二本乗り逃がした。俺の性格を見越して、自由席で切符を送りつけてきた母親は確かに俺の母親である。指定席ケチっただけかもだが。

「タスケの世話、ちゃんとする気あるの？」

お、怒られてる、俺？　タスケはうちの犬で、俺が今回帰ってきた理由なんだけども。

「もし面倒だとかそういうのだったら、うちで預かるから言ってくれないかな」

「えええぇ？」

事態がわかんなくて、驚き戸惑う俺の声。春田は目線を少しそらしつつもまだ表情険しく、不満の出し方をはかりかねているように見える。

「あの、ごめん。俺よくわかってないんだけど、なんでそんな怒ってんの？」

先に謝っちゃうこの情けなさよ。でも春田は勢いを削がれたようで、眉をひそめつつもぼそっとつぶやいた。

「昼からさっきまで、タスケずっと鳴いてたよ」

「あ」

一気に罪悪感。タスケは留守番に慣れてなくて、家に人がいないと激しく鳴いてしまう。俺が自分の家のドアを見た途端、おそらく気配に気づいたタスケが家の中で吠え出した。焦るほど悲痛な声に、春田がそばにいることを忘れて家に駆け出しかける。

あわてて春田を見ると、しっしってされてしまった。


タスケに無限ジャンピングアタックをされながら（相変わらずすごい体力）、以前通りの手順でタスケの夕飯を用意する。しっぽ振ってガツガツ食う姿を見ながら反省。タスケが留守番慣れてないのは、甘やかしがちなうちの方針のせいです。

「すみませんタスケ様。缶詰の割合増やしたんで、許して下さい」

そして、ため息つきつつスマホを取り出し、独ノ介にメッセージを送る。

『もうダメ。会うなり怒られちゃった。くすん』

『絵文字やめろ気持ち悪い。なんで？』

『俺が帰るの遅れたせいで、タスケが昼からずっと一匹ぼっちで鳴いてたから』

『ペット騒音、隣家との定番のトラブルだな。おい、夜は犬を家に入れといたほうがいいぞ』

『そういう冗談大嫌いです。そもそも室内犬だわ。まあ、というわけで春田に怒られた』

『ふーん。てか昼からって、平日だけど春田は家にいたのかね』

ああ？　そういえば。

『さすがニート、そういうとこ目ざといな』

『この話なかったことにしてもいいんだぞ』

『すみません。でも俺だって普段は平日休みだし、ちょうど夏休みなのかも』

『かね。まあ誘ったらまた報告しろよ。俺これからママの愛情ディナーだから』

泣き言をさっさと切り上げられてしまった。しかしママ呼びは引く。あいつほんと、本気か冗談かわかんない。

二回目のため息が我ながら重い。時計を見れば、ぼちぼち午後八時。

今日を逃したらもう行けないだろうなあ。こう、勢い的に。スマホの画面を睨む。

俺は母親に電話をかけた。

「あ、母さん？」

『なにあんた、珍しい。さっき夕食終わったんだけどね、豪華だったわよー、写真とったからあとで送ったげる。あ、タスケのことちゃんとしてあげてる？』

「いらんいらん。タスケもよく飯食ったよ。それより母さん、春田のこと聞きたいんだけど。隣の春田希《のぞみ》」

『希ちゃん？』

そうだと答えると、母さんは黙ってしまった。あれ、俺が春田のこと聞くのって、そんなに不自然か？　唐突だとは思うけど。

『あんた、なんか変なこと聞いたんじゃないでしょうね』

あれ、なんか俺また怒られてるぞ。

「なんだ変なことって。俺、今日戻ってきたらタスケのことで春田に怒られて、それで」

『怒られた？　あんたまさか、希ちゃんに会ったの？』

「へ？」

◇

――希ちゃんね、中学校の先生になったんだけど、去年突然辞めちゃったの。

夜中に警察から電話が来てね。希ちゃん病院にいたらしくて、春田さん達迎えに行ってた。

それから外に出なくなっちゃったの。

俺は春田の家のチャイムを鳴らした。時間は午後九時、隣でも訪問にはちょっと遅い。

「はーい……って、あら？　歩君《あゆむ》よね？」

「はい、ご無沙汰してます」

自分の幼い頃を知ってる相手には、敬語使うのこそばゆい。照れ笑いしつつ、抱いていたタスケに手を振らせる。期待通り、おばさんは笑ってくれた。

「久しぶりねえ、ああ、雅恵さん達ご旅行だから？」

察しのいいおばさんにうなずきつつ、手土産でも持ってくるべきだったたと気づく。口実とか会話つなぐのにぴったりなのに、学べたつもりで活かせてない処世術。

しかたないから、とっとと本題。

「はい。えっと、希さんいますか？」

春田のおばさんは笑みをはりつかせたまま、まばたきを繰り返した。うわあ、やっぱこういう反応なんだって、胸がちくり。

「今日、希さんにタスケのことで心配させちゃったんで、その、謝りに」

「……希に？」

普通に普通に！　今、俺もはりついた笑顔かもしれない。

「希に会ったの、歩君」

「ええ、さっき」

おばさんはちらっと階段の上を見る。昔と変わってないなら、春田の部屋のあるほう。

「もう寝ちゃいましたかね。それなら帰ります。希さんに謝ってたって伝えて下さい」

困らせていることに俺のほうが耐えかねて、そそくさ。

「待って。……ちょっと見てくるわね。すぐだから、ね」

おばさんがスリッパぱたぱた、二階へ上がっていく。

タスケをなでて緊張をごまかしていたら、春田がさっきと同じ格好で下りてきた。


「どうしたの？　タスケになにかあったの？」

「ないない！　仲良くやってるよ」

とか飼い主の俺が言ってるのに、タスケは春田のほうに行こうと俺の腕から必死で飛び出そうとしている。春田はちょっと笑ってタスケを抱きとった。こんなに懐いてるってことは、俺が家を出てからけっこう面倒見ていてくれたのかな。

「あのさ、中二の夏休みの林間学校、覚えてる？」

春田は小さく首をかしげた。今はタスケ効果か、空気ふんわかで切り出しやすくて助かる。

「あのとき、肝試しの話あったんだけど、知らないかな」

一呼吸のあと、春田は思い出したらしく、戸惑いながらうなずいた。

「肝試しって、独木達が勝手にやろうとしてた？　……え、鷺坂、まさかあれ行ってたの？」

「いやいや、行ってないよ！　夜中に山の中行くとか、ちょっとやりすぎだし」

「だよね。あのときは、女子にも噂まわってきてびっくりしたな。先生に言うか迷ったんだけど、独木達が怖くて結局言わなかった」

苦笑したところで、春田はタスケを床におろした。奴は勝手知ったる様子で、しっぽふりふり奥へ向かっていく。

「春田とかも独木達怖かったんだ。クラスはずっと違ったよな？」

「うん。でもボヤ出したり補導されたり、噂や事件いっぱいあったから」

俺が本人から聞いてる限り、だいたい本当なのがなんとも。

「それで？　独木達がどうかしたの？」

「あ、独木達はどうでもよくて。実は俺、ほんとはあのとき行ってみたかったんだよね」

「え？」

春田が思いっきり、きょとんとしている。そりゃそうだよね、ごめん！

「……ほんと突然であれなんだけど。春田、これから一緒に行ってくれない？　肝試し」

◇

ソファに寝転がって、ぐでん。腹の上でタスケが丸まっている。おまえ犬だろ、猫じゃないだろ。かわいいからいいけどさあ。

独ノ介には、玉砕したって報告した。

あのあと春田は目を丸くしてから、だんだん目を伏せて、うつむいた。それから小さく「行かない」って答えた。で、俺はそっかーごめんって謝って、タスケとともにうちに帰ったと。

断られてもともとだと思ってたけど、やっぱ実際断られるとしょんぼり。

「ま、しかたないよな」

思いつきにちょっとテンション上がっちゃったんだ。一年外出てないっていう春田に、俺がたまたま会えたっていうから。

明日はどうするかな。連休って言ったって、特にすることはない。小説書きたいけど、今は書ける気がしない。つけっぱなしのテレビを見るでもなく眺めて、うとうとし始めたとき。

突然、二階でガラスの割れる音がした。

「わんっ！」

「ぐえっ」

タスケが大きく吼えて、俺の腹を蹴り猛然と二階へダッシュ。完全に油断していたボディへの一発に咳き込みつつ、追いかける。なんだ、泥棒……じゃないよな？

タスケは俺の部屋でベッドに乗り、カーテンの閉まった窓に前足をかけて吼えている。はしのカーテンが風ではためいて、窓の隅が割れているのがわかった。ちょ、ガラスー！

「わあああ、踏むな踏むな！」

あわててタスケを抱き上げる。ベッドには小さなガラスが飛び散っていた。

「な、なんだよ……？」

おっかなびっくりカーテンを開ける。

向かいの窓に、春田が真っ青な顔で立っていた。


「ほんと、ごめん……」

「もういいって」

何度目かになる春田の言葉に苦笑い。

俺と春田は今、父さんの車を借りて夜の道路を走っている。

「鷺坂の家のチャイム鳴らしたくなくて……窓に物をぶつけたら気づくと思ったんだけど、なかなか気づいてくれなくて、やりすぎちゃった」

自分の親に気づかれたくなかったんだろうけど、結局あの音で、俺だけじゃなく春田の親もあの場に駆けつけた。春田の親からすると引きこもりの娘が突然隣家のガラス割ったんだから、当然どういうことなのか問い質したかったと思うんだけど、でも春田の親はなにも言わなかった。言えなかったのかな。

重たい沈黙に耐えられなくなった俺が、イチかバチかな気持ちで「さっきの話だろ？　行こうよ」と切り出したら、春田はうなずいた。そして俺達は、事態が飲み込めないままの春田の両親にタスケを預け、出発した……という次第。

「俺、居間にいたからさー」

「……部屋、電気点いてたのに」

そういや点けっぱなしでした、すみません。恨みがましくなった声に、今度はこっちが謝る。

でも女性誌を束ねて投げるのはないと思う。殺意（ガラスへの）高過ぎだろ。

「まあ、春田の気が変わってよかった。楽しみ。えーっと、目的地までなんだけど」

素直に言ったはいいが、気恥ずかしいもんだから早口だわ、そんでそそくさとナビを確認しだすわ、我ながらかっこ悪い。しょうがないよ、慣れてないんだよ。

「三、四十分ってとこかな」

「そんなものなの？　林間学校、もっと遠かったような気がした」

「出る前に地図で確認したんだけど、距離自体はそんなになかったよ。田舎だと電車がないせいじゃないかな」

久しぶりの父さんの車でウィンカーの出し方に手間取りながら、高速へ上がる。夜に運転するのも考えてみれば久しぶり。夜の高速は長距離トラックにびびらされるけど、車が少なくて気持ちいい。会話が途切れても、夜のドライブって沈黙が気にならない。

「鷺坂が運転してるの、変な感じ」

「そう？」

「うん。なんか、不思議だね」

「ほんと」

それは俺もまさしくそう思っていて、笑いがこぼれた。うん。不思議だと思う。

俺は春田のことを子供の頃しか知らない。春田が教師になってたことも今日知った。親しいとは言えないし、春田もなんかあったっぽいのに、でも普通に話せている。

幼なじみだから久しぶりでも仲いいとか、一部の素直な人間にしか当てはまらないと思ってたのになあ。子供の頃に一緒だったって、思った以上の連帯感だった。職場や大学で同郷見つけたときのあれと似てる。

「肝試しって、実際どこ行くの？　林間学校の宿舎じゃないよね」

「あの近く、廃校があるんだって」

「廃校？」

春田がいやそうな声を出す。

「俺、独木と今も付き合いあるんだよ」

「え、ほんとに？」

思いきり驚いた声に苦笑。影の薄い俺と、悪名高い独木がつながらないんだろう。

「ほんと。実はさ、趣味が同じで」

「趣味？」

「うん。笑うなよー、俺ら、小説書いてるの。俺はただの趣味、独木はプロ志望で」

すっかり意外だったらしく、春田はへえ……と感心した声を出す。

「鷺坂はわかるけど……あの独木がと思うと、意外」

「性格とか、やってることとか、あんま変わってないよ。俺いっつもいじめられてる」

顔を歪めてみせる。見えてないだろうけど。

「でも、本気で小説書いてると思う。だから話してて面白くて」

本気で疎ましく思うことも、何度もあるのになあ。ダメ男と別れられないってこんな感じ？

「まあ、それで独木に聞いたの。あのときの肝試し、どうなったんだって」

「……どうなったの？」

ちょっとは乗ってきてくれたかな？　俺は小さく笑いながらハンドルを切る。

「参加したのは、独木含めた四人で、三キロ先の廃校まで行ったんだと」

「ほんとに行ってたんだ」

「うん」

「それで？　廃校、入ったの？」

「らしいよ。でもなんもなかったってさ。廃校になったばっかで、結構きれいだったって」

で、なんもねえーって怒った独木達は、深夜の廃校で仲間のひとりを手ひどくからかって遊んだ。でもここは俺的にNGだったんでカット。あいつらやっぱこわい。

「戻ったのが朝の四時前とかで、もちろん先生達にはバレてた。そこから四時間ぐらい事情聴取と説教食らったあと、家に帰されたんだってさ」

「え？　みんなより先に帰されてたってこと？」

「気づかなかったよなあ。俺ら普通に林間学校続けてたし、先生方は見事に極秘裏に処理しちゃったと」

もちろん気づいたやつもいたはずだ。でも学年二百人、そのうち四人が途中で帰ったくらいじゃ、たいした波紋にならなかった。俺は独木の隣のクラスだったけど、そんなことまったく知らず林間学校を楽しんでいた。

小さな相槌のあと、春田は窓の外に顔を向けたようだった。

……あれ、中学の先生って、春田ずばりだよな？　もしかして地雷踏んだ？

「そういえばさ」

ひとり冷や汗をかいていたら、春田が先に口を開いてくれた。なになに、雑談大歓迎です。

「もし期待してたら悪いんだけど、私、お化けとか怖くないんだ」

「へ？」

思わず春田のほうを見た。いや、前見ろ俺。運転中だぞ。

「肝試しでしょ？　怖がらない人とやってもつまらなくない？」

「あ」

「なに？」

「いや、俺、肝試し自体をしたかったわけじゃないんだ」

一瞬考えたものの、思わず小さく首を振る。やばい。説明できるのか、これ。

「……えっと、俺、地元戻るの久しぶりでね。いろいろ思い出したのね、春田のこととか」

「私のこと？忘れてた？」

くすくす笑ってくれる。

「うん。春田が幼なじみって言えるって初めて気づいて、驚いたりしてた」

「ああ、それはちょっとわかるかも」

なんだか話しやすいのは、春田のていねいな相槌のおかげだ。聞き上手なのかなあ。

「肝試しのことも思い出してさ。……あのとき行かなかったこと、なんかいやな感じに後悔になってるみたいで」

独ノ介と俺の小説の違いは、あの肝試しに行くか行かなかっただったような、そんな気がして。もちろんそんな単純なことじゃないって、別の頭では思うのに。

「まあ、つまりセンチメンタルっぽい事情なんです。お恥ずかしい」

「……そっか」

春田は、ただうなずいた。そりゃ答えに困るよね。片手をハンドルから外して頭をかく。

「あと、春田が先生になってて、先生辞めたこともさっき聞いた」

触れないほうがよかったのかな。でもこれ、言わないのはなんか、フェアじゃない。

「で、それなら、センチメンタルふたり旅でも……みたいな？」

「……なにその、なんかすごくアレな言い方」

春田がすぐにしゃべってくれて、思いきり安堵。

「あ、肝試し自体にも興味あるんだよ。当時中学生の独木達がどう行動したのか、現地見ることから推測するの面白そうだし、あと俺も結構怖いの平気なんだけど、テレビやネットじゃない生だったら破壊力やばいんじゃないかとか」

トラックを抜き去ったあと、今度は後続の軽に追い越させるため左車線へ変える。話題を変えるつもりが、自分が興味持ってた部分を話すのが楽しくて、そのまま調子に乗る。

「怖いって感覚、面白いなって。俺、一番尊敬するのがホラー作家なのね。人をぞくっとさせるものを書くって、すごく知性がいる気がする」

「え、鷺坂ってホラー小説書いてるの？」

「いや、俺は真逆かな。毒にも薬にもならんようなの書いてる。なーんかねえ、なに書いてもまったりしちゃってねー」

「それなら納得した」

「俺、そういうイメージ？」

「うん。鷺坂は、のんきでおとなしい印象だったよ。でも、正義感は強かったなあって。だから、ホラー書いてるのかと思ったら変な気がした」

これには首をひねる。俺、そんな正義の人だったっけ？

「ホラー作家って、お化け屋敷で人をおどかすみたいなものじゃない。そういうのが好きって、やっぱりちょっと悪趣味だと思うから」

「正論だわー……」

「それに、肝試しも正直、嫌い」

「えっ」

「子供の悪さの定番でしょ。お墓使ったりして、亡くなった人で遊んでる気がする。私のピアノの先生、高齢で亡くなったんだけど、一度お墓の一部がひっくり返されたことがあって。多分そういう人達のせいだろうって」

もっともすぎてうなずくしかないっていうね。そう、肝試しっていえばリア充とＤ（略）の定番だよね！　ホラー映画ならまっさきに殺される役。

「まあ、自分からついてきて、こんなこと言うのもばかだけどね」

春田はそう言うと、靴を脱いで座席の上で膝を抱えた。あ、かわいい。いかん。

こういうときめきは小説のヒロインに持っていって昇華することにしている。ときめいた部分を分析して話に使うと、それで結構満足して恋愛感情に育たずに済むんです。

主人公にもそういうのやってて、あいつかっこいいなーって思ったらそういうの入れるんだけど、同時に自分の中の女っぽい部分も確認しちゃったりして絶対に冷静になりたくないところ。でもそういうの掘り起こさないと描写つまんない気がしてがんばってしまうわけで、ともかく自分の作品はほんと身内に読ませたくない。

この春田の仕草のかわいさは、どう表現できるだろ。まず女の子が靴脱ぐのってかわいい。手を後ろに回す女らしいやつ。あとこれって、大人なのに甘えた感じなのがいいのかな？ でも、年齢は問題だよな。いや俺には十分春田かわいく見えるけど、ってうっかり認めてしまったけど、俺が書くのは基本的に十代向けだから、主人公やヒロインも十代に近いほうがいい。年齢が若くて、大人びたヒロインなら再現できるかな？ あんまり春田に似すぎても俺が気まずいから、もうちょいはっきり違う特徴をつけて……

「……鷺坂、鷺坂！」

「あ、なにっ？」

「今インター過ぎたけど、いいの？　名前に見覚えあった」

はい、通り過ぎてたね！

◇

「あ、やばい、懐かしい」

俺達はまず、林間学校で泊まったホテルに行った。一学年が泊まれるだけあって、大きな施設だ。

時計を見ると二十二時。道路が空いてたおかげで見込みより早くて、なんか得した気分。

「春田、こっからの予定なんだけど。行こうとしてるとこ、この山の中にある廃村なのね」

「廃村？　あ、廃村の中にある廃校なのね」

「そうそう。道もあるから、途中までは車で行けると思う」

「そっか、だから独木達も行けたんだ。てっきり森の中をかきわけて行ったのかと思ってた」

「さすがにそれは無理じゃないかなー」

ちらっと山を見れば、墨を流したように、暗いというより黒い木々。明るい場所から見ているせいもあるけど、この山の木の茂りようは施設近くでもかなり深い。

「まあ、一時間以内にはここに戻ってくるつもり」

「わかった」

リュックを取り出して、中身をごそごそ。

「これ、春田の分の懐中電灯ね。キーホルダータイプも持ってきたから、こっちは腰にでもくっつけといて。で、虫除けスプレーと、笛とー」

「笛って……吹けと」

「春田の声よりでかいよ、きっと」

それに、俺の声よりもなー。笑うと、春田はまた呆れた顔をする。

「鷺坂、浮かれすぎ。そんなに楽しみなの？」

「そう言ったじゃん、わくわくしてるよ。装備考えるの楽しかったー」

いそいそとスマホを取り出す。

「ほらこれ、圏外になったら通知出るようにしてきたんだ。ホラーっていうと大体携帯使えないじゃん、理不尽に。だから圏外になった時点で引き返すわけ！」

連休の夜、突然こんなことしてるってのがまず、イイ。目の前には圧倒的な自然。しかも一緒にいるのは女の子。

スマホを取り出したついでに、独ノ介にメッセージを送る。一言『現地に着いた』とだけ入れて、落とさないようホルダーつけてポケットにしまった。しまってからもぽえーん、ぽえーんってメッセージ受信の音が繰り返されて、独ノ介が説明しろって怒ってるんだろうけど、詳しいことはあとでまとめて報告すればいいだろ。あいつと話すと長いんだ。

さあ、行くぞー！

◇

道なりに進み、車止めに車を置いて歩くこと十分ほど。

木のない場所には晴天の月の光が入って、懐中電灯がなくても歩くことはできる。

村は、闇の中からふと浮き出るように現れた。ぽつぽつと点在する家屋、木や瓦礫で遮られたゆるやかな道を認めてようやく、村の全景を認識する。棄てられて少なくとも十二年以上、植物が、ゆっくりと村を飲もうとしているように見えた。

とりあえず、電気の通ってない村やばい。

「あ……圧倒的迫力……」

「もう、帰っていいと思う……」

後ろを歩く春田の力ない声に内心同意。

でも、さすがに着いて一分で帰るのは。いや、この思考はフラグじゃないのか。

「あれだ。幽霊より自然より、朽ち果てた人工物、怖いです」

「うん……」

懐中電灯は役に立っているのかいないのか、強い光で一箇所を照らす代わりに周りに生む影が濃くて、視界そのものは狭めている気がする。

建物のひとつに目星をつける。入ってきたところから見て、右手の奥にある建物。

「廃校ってあれか」

予想よりずっと小さい。考えてみたら村なんだし、そんなに大きいわけないか。

「え、あれが学校？　手前の建物のほうが大きくない？」

「あっちは村役場じゃないかな。ほら、あの石柱の下のとこ、役場って読めない？」

春田が石柱を確かめに近づく。先に廃校へと歩き出したら、春田が慌てて追いかけてきた。

「鷺坂……次に黙って進んだら、呪うからね」

「あ、呪いとか今、心底いやです。ごめんなさい」

「怖いよ、ここ。幽霊はともかくとして、危ないと思う。本当に学校の中まで行くの？」

立ち止まって、改めて学校を見る。

建物自体はしっかりして見える。もちろん腐食は進んでいるだろうから、見た目で断言はできない。

でも、俺の足ってば、全然戻る気がない。

「どうしても行きたいの？」

いつもだったら、俺だって春田みたいに尋ねる側のはずなのに。

「……むきになってるのかな」

自分に聞いたつもりだった。でも、春田が先に首を振った。

「ごめん。鷺坂は、このために来たんだったよね」

なんか妙に察したみたいな春田の言葉に、否定したいような気恥ずかしさを覚える。

でも、いい加減、いまさらだ。こんなとこまで連れ出しておいて。

ずっと気になってた。

あの夢のクラスメイト四人は多分、独木とその友達。クラス離れて、性質とかどんどん違っていって、ほんとは置いてかれたって思ってた。俺は俺なんだからしかたないんだけど。満足してる部分だって十分あるし、今はちゃんとわかっているんだけど。

「つき合わせちゃってごめん」

「いいよ。私を外に連れ出すために来たとか言われるほうが、怒ってた」

春田が本当にいやそうに顔をしかめて、俺を笑わせた。

◇

学校は背の低い長方形のハコで、玄関はいかにも学校っぽい昇降口。

幸か不幸か扉は開いていた。独木達が閉めなかったのかもしれないし、他に誰か来たりしたのかもしれない。

中に入るのは勇気がいったけど、近づいて何事もなさそうな様子を見ると、あとは足が動いた。目が慣れて、周りを明るく感じるようになっていたこともあると思う。

「下駄箱、小さいね」

「三十人分くらいかな？　大人も子供もこれひとつなんだろうな」

中は、普通って言うしかない。もちろん荒んでいて、床には木切れや砂が散らばって汚れているものの、これなら一年掃除しなかったプールのほうが気味悪さは上ってところ。

昇降口を過ぎてすぐ隣の教室に入ってみる。ここも扉が開けっ放しだった。

「あ、机」

机と椅子はたったの五、六しかなくて、机で埋まった教室に慣れている俺には変な感じ。

「懐かしいなあ。でもここ、机の大きさばらばらだな」

「生徒数少なくて、全学年一緒くたの授業だったのかも」

春田の予想に納得しながら机を眺めていると、春田が窓へ寄った。俺も窓から村を見る。

月を頂く村は、仄かに明るさをたたえて、青白く佇んでいる。あんなに不気味で恐かったくせに、内側に飛び込んで見れば、幻想的で美しいような気さえした。考えてみたら、この村の子供達ってこの窓から村を見ながら勉強とかしてたわけだよな。かつて人の日常があったんだと思うと、なんかちょっと胸が熱い。

「独木達が、なんにもないって言ったのわかるね」

ほっとしたらしく、春田の声がやわらいでいる。俺もそうだった。

なにもないことに、もしかしたらがっかりするかと思ってたけど。

「もどろっか」

「うん」

まだ一箇所見ただけだけど、建物全部を周る必要は感じなかった。帰るとなると、やり残したことはないか少し気になって、スマホを取り出す。

「月、綺麗だなあ。写真とかとるの、あれかな？」

「いいんじゃない？」

「春田、入る？」

絶対やだ、とのお返事。俺もいやかも。

ってことで、窓越しの村の風景をカシャッと一枚。うん、いい構図だあ。

さあて、戻るか、と。春田が俺の腕をつかんだ。

「春田？」

春田の視線は、廊下のほう。

「今、なんか、音した？」

「え？　俺の写真の音じゃなくて？」

それきり黙ってしまう。俺も不安がうつるけど、一緒にびびってるわけにもいかない。

「じゃ、見てみる。春田ちょっとここにいなよ」

ありえない、って顔で見られる。

「教室は出ないよ、ちょっと廊下のぞくだけ」

ここまで、なんの気配もなかった。雰囲気は十分だけど、俺はやっぱりお化けやら幽霊やらは信じられないらしく、そういう恐怖は感じない。むしろ人間いたらそのほうが怖い。

多分なんもいないだろうと思いながら、廊下にひょいと顔を出し、懐中電灯で左右を照らす。

その瞬間、暗闇の中でなにかが動くのが見えた。

「うお」

さすがに声が漏れる。でもびびりつつも、思い当たった。

「動物か？」

停電のとき、タスケが暗闇の中で動いて驚かされたことがあって、今みたいな感じだった。姿は確認できなかったけど、そんなとこだよなって納得。

右手に懐中電灯、左手にスマホを持ちっぱなしだったことに気づく。両手ふさがったままにしとくとか、俺、戦闘力低いな！　しまおうとしたところで、閉じた画面にたったいま打ち込まれた発言が、ぽんと浮いた。独ノ介だった。

『サギ、今どこだよ！　返事しろはよはよはよ』

苦笑しつつ、返事をする。未読多すぎ、どんだけぶちこんでんだよ。

『いま校舎の中』

『やっと返事しやがった。おせーよばか」

『こっちだっていろいろあるんだよ』

『おまえ断られたんだろ？　ひとりで行ったの？』

そうか、そっから説明してないんだったか。

『春田も一緒』

『なんだよまじか。まあいいか、そこらへんあとで詳しく聞くわ。ここからは実況しろよ』

『はあ!?　いやだよめんどくさい』

『今、校舎のどこ？』

とっとと切り上げるつもりが、またずるずる付き合ってしまう。

『教室。確かになんもないな』

『まーなー。幽霊の一匹くらいつかまえてこいよ』

『あほか。でもなんか動物いるっぽい。今見かけたような』

『動物？』

『動物いるのか？』

独ノ介が突然発言を繰り返した。

『にげろ』

『にげろ』

『動物やばい』

は？　唐突さに戸惑いながら、それでも背筋がぞっとして、意味を尋ねるより先に春田が気になった。スマホをポケットに突っ込んで振り返る。春田がいない。

「春田？」

いや、春田は同じところにいた。座りこんで、犬とじゃれている、ように見えた。黒い犬。俺が状況を正しく理解するのには、もう少しかかる。

犬は春田の脚に噛みついていた。棒がゆっくり倒れるみたいに、走り出す。

「春田……春田！」

引いても犬が離れない。一瞬でふくれあがる衝動に任せて、犬の頭に懐中電灯を打ち込もうとした。でも犬は次の瞬間に飛び退る。

犬と向かい合う。種類はわからないけど、洋犬だった。中型にしては大きくて、頭が俺の腿くらいの高さ。

やばい、って思う。犬は低く唸りながら俺を睨みつけている。ケンカの経験とか一切ないのに、少しでも動いたら襲ってくるのが肌でわかる。

海外ドラマで見た軍用犬。あいつらは自分よりでかい人間でも、喉や腕を狙って飛びついて軽々と引き倒す。こいつに同じことができるとは思わないけど、聞きかじった犬の能力の高さと、相手が本気だってことに俺の身はすくんでいる。

怒鳴れば逃げてくれるか？　でもこいつ、殺意高過ぎるだろ。俺が振り向くまで、特に音もしなかった。闇にまぎれて、静かに春田に襲いかかった。春田が無言だった理由が、対峙した今ならわかる気がする。こいつのこの気迫に飲まれたんだ。

縄張りに踏み込まれて怒ってるのか、それともまさか、食料として見てるとか言わないだろうな。いくらなんでも、人間ふたりを倒して食おうってのは強気じゃないか。

……一匹じゃない？　俺が見たさっきの影はこいつじゃない？

いや、だったらとっくに一緒に襲いにきてる、はず。落ち着けって。

睨み合う時間が、実際はどれくらいだったのかはわからない。ふいに犬がぴくりと鼻を動かした。俺の背中から、じじ、とリュックのファスナーを開く音。

「パン……、袋破って、投げる」

震えた春田の声。犬が一瞬動きかける。俺は反射的に懐中電灯を大きく振り上げて、わあって怒鳴った。原始的な威嚇は成功してくれたようで、犬は少しあとずさりつつ、こちらの様子、特に春田のほうをうかがう。

「投げる、よ」

俺の後ろからパンが飛んだ。途中で買ってたハムとタマゴのサンドイッチ。

犬が勢いよくパンへ向かう。木の床が爪で削れる音がした。そして、どこにいたのか、さらに二匹がパンへと飛んできた。

俺も大急ぎでリュックを開け、持っていた食べ物を袋のまま全部遠くへぶん投げた。でも、春田を襲った一匹だけは、いつのまにかパンから顔を上げて、また俺達を睨んでいる。

俺はゆっくりと春田のところまで下がった。それから窓を開けて、春田を支えながらふたりで外に出る。一度でも動きを止めたら、またあの目に射すくめられる気がした。

春田をおぶって、車へ急ぐ。でも行きに下ったゆるい坂は、登れば永遠かと思うくらい長かった。

春田は途中、俺の首をしめるみたいに強くしがみついて、少し泣いていた。

ごめんって謝ったら違うって首を振ってたけど、なにが違うんだろう。

車に乗ったらホテルまで戻って、そこで救急車を呼んでもらった。

そしたら、なぜかそのホテルに独ノ介が来ていたわけで。

◇

俺は春田と一緒に救急車で最寄の病院に行き、独ノ介は場所を聞いて自分の車でついてきた。

「サギがひとりで行ったと思ったから、俺も行くかと思ってすぐに家を出たんだよ」

久しぶりに直に会った独ノ介は、ずいぶん横にたくましくなっていた。髪もヒゲも伸ばしっぱなしで、汚らしいことこの上ない。ママさん、これでいいんですか。

「おまえ、ニートのくせにフットワーク軽いよな」

「ニート偏見よくない。サギ、おまえは大丈夫か？　怪我してねーのか」

「うん。……春田だけ」

情けなくて消えたい。両方の両親に連絡して、どちらも急いでここに向かっている。

「誘ったのはサギだもんな。処刑おめ」

「どうぞお願いしますって気分だわ。やっぱ似合わないこと、無理してやるもんじゃない」

危険な目に遭うつもりはないとか言って、春田は今、絶賛外科手術中。噛み傷の縫合と、いくつかの検査をしている。待合室には俺と独ノ介だけだった。

「サギ、おまえ、なんでこんなにこの肝試しにこだわった？」

答える気にはなれなかった。独ノ介には特に。でも、独ノ介はすぐに当ててきた。

「俺の批評のせい？」

否定すればよかったのに、言葉に詰まってしまう。怒鳴りたい衝動に耐えてるとこで（八つ当たり込み）、春田の手術が終わった。

案内された病室に行くと、春田がベッドに座っていた。

「春田、大丈夫？」

「うん」

やっと息が吸えた気がした。

春田はうなずきつつ、不思議そうに、しれっと俺の隣にいる独ノ介を見た。

「こいつ、独木。なんか勝手についてこようとしてたみたいで」

「おい、そんな説明で俺をアレな奴にしようとすんな」

「おまえがアレな奴なのは事実だし。どうせこっそり俺を驚かそうとか思ってたんだろ」

そうだけどー、とかぶつぶつ言う。

「独木って、中学の？」

「そう。どーもお久しぶりです。話したことないけど。それよりサギ、話終わってねーぞ。俺、サギはもっと真剣に小説書くべきだと思うのよ」

「ここで引っ張る!?　てか、いつも真剣に書いてるって言ってんだろ！」

「書いてないよ。サギ、おまえ選ぶ素材のわりに逃げすぎなんだよ」

「あとにしろよ、春田思いっきりぽかんとしてるだろ！」

「あ、私のことはいいよ、話すことあるならどうぞ」

怪我人に気を遣わせてどうすんだよおお！　でも、独ノ介を睨んでも堪えるどころか。

「春田関係あるよ。今回の、サギにとって必要だから行ったんだろ。じゃなきゃ春田の怪我、まじで無意味だぞ」

ぐぅ。ってなに論破されてんだ俺。

「そのことなら、いいよ。鷺坂から聞いてたし、ついていったの私だし」

「あー、そうなの？」

春田がこくりとうなずくと、独ノ助は責める調子をあっさり引っ込めた。

「ふたり、ほんとに小説書いてるんだね。鷺坂は昔からそうだったけど」

「俺？」

「いつも変な話してたよ」

俺、きょとん。春田は笑ってうなずく。

「小さい頃、眠るときに鷺坂のおじさんがいつもお話読んでくれたでしょ。鷺坂、あれを真似して、桃太郎とか親指姫とか話してたよ。でも思い出しながら適当に話すから、いっつもめちゃくちゃだった。で、シンデレラも人魚姫も、なぜか最後には全員鬼退治に行くの」

「ええええ、なにそれ、俺覚えてないよ!?」

「あー、サギって鬼よく書くから好きなんだとは思ってたけど、そこにあったのか。てか、春田とサギって、いつも一緒に寝てたの？」

「幼稚園の頃はね。私、母親が入院して、一時期鷺坂の家に預けられてたんだよ」

俺はこれにも驚いた。そうだったのか。

「夜、ふとんにもぐりこんで、懐中電灯つけて話してたな。懐かしい」

「えー、なんかえろーい」

「あはは。今日も鷺坂、懐中電灯好きだなって思ったよ。いっぱい持ってきてるんだもん」

春田、笑ってかわせるんだ……そしてそんなこと思ってたとか、俺だけダメージ甚大。顔が赤くて上げられない。なんだこの公開処刑、処刑は覚悟してたけどこれじゃねえ！」

「しかし犬ね。俺らが中学のときはいなかったんだよ。いつから住み着いたんだろうなあ」

「……野犬狩りとか、するのかな」

「いや、しないんじゃねーかな。どうせ捕まらないからとか面倒くさそうに言ってた。このあたりの人は、山に犬がいるってとっくに知ってるみたい」

それを聞いて、春田は胸をなでおろしたようだった。俺も同じ。俺らが遊びであっちの縄張りに踏み込んだのに、それがきっかけで殺されるのはちょっとやりきれない。あの洋犬は誰かが捨てたんだろうし、だから俺らのリュックに食料があることを知っていたんだろうな。

独ノ介がスマホを見た。時間を確かめたんだと思う。

「ほんじゃ、そろそろ帰るわ。久しぶりに肝試ししたかったなー」

「いや、行くなよ？」

「さすがに行かねーよ。んじゃまたな。サギ、次の話は吐くほど真剣に書けよ」

うるせーよと返す。独ノ介はぞんざいに手を振って帰っていった。

病室に春田とふたり。四人部屋なんだけど、他に患者はいない。

「鷺坂、心残り、なんとかなった？」

「ん？」

「面白い話、書けそう？」

無邪気に聞いてきよる。

しょ、小説ってのはそういう簡単ではなくてだね、って言い訳かっこわるいし。

「……がんばる」

満足げに微笑んできよる。

なんだよ、それより、春田だって自分のことあるじゃん……って矛先向けたい気持ち。

春田のほうは、なにがあったの？

俺ばっか話して、春田の事情、結局なんにも知らない。母さん教えてくれなかったし。

春田をおぶってるとき、春田の夢が学校の先生だったって思い出していた。

「春田」

「うん？」

俺を見て、小さく首を傾げる。

「……俺、おじさんとおばさんにぶっとばされるかな。こんなことになって」

「あはは。大丈夫だよ」

いまは、いいか。

大怪我したのに春田の表情は穏やかで、出かける前の脆そうな感じがない。

余計なこと言って曇らせたくない。こっちに急いでるだろうおじさんとおばさんに、早く会わせたかった。

春田の脚が良くなったら、前から行きたかった恐竜展に誘ってみよう。

そのときは、いろいろ話せたらいいと思う。

ショートストーリーズ

箱庭　　るむるむる

林檎姫より愛をこめて　　猫田蘭

シナリオ通りの殺し方　　ころみごや

スーパーサイエンス部　　成田のべる

空調戦争　　コルボ

放課後の忘れ物　　黒作

イラスト　　けい@

発　行　2015年3月5日
発行者　川上宏
発行所　株式会社　林檎プロモーション
〒408-0036
山梨県北杜市長坂町中丸4466
TEL　0551-32-2663
FAX　0551-32-6808
MAIL　ringo@ringo.ne.jp
製本・印刷　シナノ印刷株式会社
※乱丁・落丁の際はお取り替えいたします。購入された書店名を明記して小社までお送りください。但し、古書店で購入されている場合はお取り替えできません。

Printed in Japan
ISBN978-4-9068-7837-6　C0093
www.ringo.ne.jp/